室生犀星と表棹影

――青春の軌跡

小林弘子

能登印刷出版部

目次

室生犀星

表棹影

室生犀星と表 棹影　青春の軌跡

室生犀星

数奇な出生と生い立ちをバネに

「町の入口に青井といふ変な女がゐるね。あれは貰ひ子なら、幾らでも貰ふといふ話ぢやないか。」

「けれども、あれはお金が見込みで子供がどうなるか分りはしません。」

「それなら金を付けてやればよい。」


出産を二ヶ月後に控え、世間に夫婦と名乗れぬ実父母の、この重苦しい会話で始まる『杏つ子』（東京新聞・昭和31〜32）は、数多くの自伝作品を書いた室生犀星の「生涯最後の句読点」として世に送り出された。もちろん、これはまだ自分が生まれていない以前の、想像の描写ではあるが、晩年の犀星が両親のことをどんな風にとらえていたかを推測する上で、はなはだ興味深い会話ではないだろうか。

衆知のように、養育料を目当てによその子を貰い受ける、この「貰い子」という当時の俗習が犀星の数奇な運命の出発であった。

犀星は明治二十二（1889）年八月一日、金沢市裏千日町の旧加賀藩士・小畠弥左衛門吉種《よしたね》の子に生まれ、親の世間体のため、生後まもなく名もつけずに「貰い子」に出されたとされる。その頃は現在と異なり、子沢山や親の高齢のため、あるいは他の事情があって、生まれた子供を里子や貰い子に出すということが少なくなかったらしい。ちなみに犀星より二十余年早い慶応三年、江戸牛込に町方名主の五男三女の末子として生まれた夏目漱石の場合も、里子や養子に出され複雑な幼児期を持ったことは、よく知られている。

北陸金沢に、旧武士の血を引いて生を享け、養母のせっかんを受けて育ったという犀星の場合も、時代の流れの中で、全く例のないことではなかったとしても、わずかに実家の所在が判っているだけで、結果的には父親も確認されず、生母は名さえ知れずに行方不明のままという状態は、やはり並み外れて特異な例と言わねばならない。

犀星の養母となった赤井ハツは、小畠家からほど近い千日町の真言宗雨宝院住職・室生真乗の内縁の妻で、嬰児は出生地も実父母の名も伏せられ、戸籍上はハツの子「赤井照道《てるみち》」として、父の欄は空欄のまま届け出がなされたのだった。ハツには他に二人の貰い子、テヱ（明治10生）と真道（明治17生）

があり、ともに犀星同様、ハツの子として届けられ、のちには縁女として入籍のきん（明治28生）まで加えた奇妙な母系雑居家族が、犀星生い立ちの環境であった。

そんな中で、お前はおかんぼ（妾）の子だ、女中の子だと、むきつけな養母の暴言にさらされて過ごしたという犀星の幼年時代が、どんな日々だったかは想像に余りある。物言わぬ小動物を愛し、家のすぐ後ろを流れる犀川の四季に幼い日の孤独をまぎらせた早熟な照道少年の姿が彷彿とする。もちろん、産褥の床から赤子を四人まで貰い受けて育てたハツの側にも、養育料が目当てというだけでは説明のつかない屈折した母性と心の襞が推察され、「馬方お初」という異名を持つ、男まさりの気の強い一面だけをとらえていては偏り過ぎよう。

のちに犀星は自伝小説の中で、自分の母は「女中」だったと書き、「私が文学でもやらなければならない事情も、また小説を書いて生きなければならないやうに圧し付けられたのも、かういふ母（生母）を持つたからであると云へよう。小説を書かないで外の職業を持つとしたら、全く碌な人間にならなかつたであらう。」（『作家の手記』昭和13）と述懐したが、生母不明へのこだわりは終生、犀星の心から消えることはなかった。

明治・大正・昭和と生き継いで、詩、小説、俳句などに約百五十冊もの刊行書を残した犀星の、約半世紀にわたる多彩な文業を支えた活動の根源は、ひたすらこの生母探索に賭けた、幼い日の悲願と情熱の繰り返しだったといっても過言ではない。犀星が「復讐の文学」と自ら呼んだ創作の動機は、一にかかって、この母と自分を不幸に陥れた大人の作為への激しい怒りとなって、作家の心を突き動かしていったことであろう。

「女中」という呼称は現在ではほとんど使われなくなったが、女中ゆえに主家を追われた生母をイメージしての社会的弱者への同情は、一貫して犀星文学を支える大きな柱でもあった。のちに「夏の日の匹婦の腹に生れけり」と詠んで、たじろがずに現実を直視した犀星の心に深くよぎるものは何であったろう。小説としての実質的デビュー作『幼年時代』(大正8)をはじめ、犀星作品のほとんどが、虚実ない交ぜの、その時々の心境と願望をこめた生母への熱いメッセージにほかならなかった。

小説家の平山平四郎は、自分の血統についいては、くはしい事は何一つ知つてゐない、人間の血すぢのことでは、たとへば父とか母とかを一應信じて見ても、わかい父が何時何處で、どういふ事情で何をしてゐたかは、判るものではない、(略)そのくらゐ一日の行状が血統のうへでどういふ不幸な現はれがあつても、うはべでは誰も知る事が出来ない、恐ろしい事である。

という『杏つ子』冒頭の記述は、犀星晩年の偽らぬ思いではなかったろうか。もちろん、ありきたりの一般論を述べているのではない。これまで定説となっている「父とか母とかを一応信じて」書き進めてきたものの、いまだ何一つ確認されていない、というニュアンスを基底に、「わかい父」の気まぐれな「一日の行状が血統のうへ」で「不幸な現はれ」となったその結果が、ほかならぬ自分の存在なのだと、物語の初めに大胆にも本音を据えているのである。作家室生犀星の「生涯最後の句読点」としての気迫が伝わってくるような気がする。鍵を握る「わかい父」とは、果たして誰のことを指すのだろうか、と。

誰を親に生まれようと、どんな家族のなかに育とうと、その生い立ち自体、犀星自身に何ら責任のないのは言うまでもない。しかし他者と比較したとき、出生不明の現実が自分の力ではどうにもならないコンプレックスとして心にあり続け、「あはれ知るわが育ち」の語に象徴される不幸な生い立ちが、犀星の文学を形づくる大きな要素であったことは否定できない。

それにしても、生涯を通して生母を問い続けた犀星は、ついにどんな答えを得たのだろうか、と厳粛な思いにとらわれる。犀星は初期の詩集『青き魚を釣る人』（大正12）の後書で「年老いた父となれ合うた小間使ひのおはるさんを母にもつた私」と書いたが、吉種の孫で詩人でもあった小畠貞一《ていいち》から聞いたと思われる「はる」の名以外、この時点で犀星が得ていた生母に関する情報は少年時代と比べ、さして進展したとは思えない。実際、小畠家のお手伝いさんは代々「おはる」と呼ばれていた事実（宮崎夏子「犀星の生母をめぐって」『室生犀星研究』第十二輯）があり、犀星が幼い頃から「女中の子」と聞かされた経験から、小畠家の「おはる」を自分の母だと思い込んだとしても無理はない。

しかし、あくまでも状況の中の推測という、もどかしさは変わらなかったろう。実家とわずか百数十メートルも離れていない近所に居ながら、子供心にも「母」と判るような接触はなく、自分の出生時の片々たる噂さえ、周辺の人たちから何一つ聞かされなかったことへの、犀星本人の疑問とこだわりは大きかったろう。「この時代の流行だつた貰ひ子制度には、母方は一たん里子に出したら絶對に子供に顔を見せてならぬ事、途中で行き會つても、知らん顔して行くのが立派といふことになつてゐた。」(『杏つ子』)という、月並みな説明などではとうてい納得のいかない、あまりにも不自然な事実として犀星の心にわだかまり続けたのではないだろうか。

明治二十八年九月、犀星は金沢市立野町尋常小学校に入学した。同年八月一日に満六歳になったばかりの犀星にとって、本来なら翌二十九年四月入学であるべきを、半年早めての就学(船登芳雄『室生犀星論・出生の悲劇と文学』昭和56による)である。しかも義務教育四年制実施(明治19)からわずか九年。就学率もまだ低く授業料の一部負担もあったその頃の事情を考えると、早期就学は養母ハツに、思いのほか教育熱心で、子供思いの一面が汲み取れるようで興味深い。二十九年二月、これもハツや周囲の配慮であろうか、今度は室生真乗の養嗣子となり、実生活は変わらないながらも、赤井姓から法累の室生姓に変わったことは、以後大いに犀星の心を支えたものと推察される。

犀星の小学校での成績は芳しくなかった。「唱歌が七点から八点あつた。あとは五点と六点と、落第点が相半ばしていた。家庭が悪く復習をさせられなかつたからだ。野町の学校をやっと卒業し、長町高等小学校にはいつて一年から二年にのぼろうとした時私は落第した。そして学校はやめた。」と、のちに母校野町小学校の八十周年記念に校歌の作詞を依頼された（昭和26）とき、犀星自身がその寄稿文のなかで打ち明けている。実際の修学状況と犀星の記憶に若干の相違があるとしても、この際それは大した問題ではないだろう。「そして学校はやめた。」の短い結びが、心なしか寂しげに映る。

学校と名の付く一切のものとの縁を、敢えて自分の方から断ったのだと、自らに言い聞かせ、学歴と無縁に歩いたその後の人知れぬ苦労と後悔を、かすかにしのばせるくだりでもあろうか。かつて学業・素行とも「劣」という非情な評価に傷つき、辛かった小学校時代を振り返って、犀星の胸中にはどんな想いが去来したことであろう。

明治三十一年三月十五日、実家の小畠弥左衛門吉種がなくなり、照道少年も葬儀に参列したことを「鮮明におぼえている」という。かつて、養母が幼い彼の額を簾網戸に押しつけて「あれを見い」と、家の前を通る老人を指し「お前の父親だ」と教えた『杏っ子』作中の衝撃的場面は、犀星の実体験か否かはともかく、昔『幼年時代』で描いた甘い幻想をみごとに裏切って、年輪を経た作家の目は「父」と教えられたその人物の心の中を描くことは、ついになかった。自分のことを「金を付けてやればよい」と言い捨てた、家名優先の冷淡な戸主として、犀星は終生、吉種を赦すことが出来なかったのであろうか。

一人の人間誕生に関わる諸々の事情が絡まりあって、孤独な晩年を余儀なくされた吉種もまた、結果的には人生の選択肢を誤った不運な犠牲者の一人だったと言えるのではないだろうか。

吉種は妻まさとの間に四男三女、七人の子をもうけたが、明治八年に天然痘で三児をなくし、長男長女のほか、五人はいずれも夭折。他の腹に生まれたとはいえ、小畠家にとって、犀星はむしろ大切な〝控え選手〟ではなかったろうか。事情のある赤子を、すぐ近所の寺に托し、後年室生真乗の養子としたのも、いざという時に備える戸主吉種の深慮遠謀、犀星に向けての蔭ながらのサポートとも受けとめられる。

明治三十五年五月、高等小学校を中退した犀星は数え十四歳で、義兄真道と同じ金沢地方裁判所給仕として、早くも社会人の第一歩を踏み出していた。薄幸なりにハツの庇護のもと、悪童腕白ぶりを発揮していた「幼年時代」との、それは厳粛な別れでもあった。

犀星出生・三つの生母説

犀星の出生に最も深く関わったこの吉種の完全黙秘は、彼の死後も、他に唯一事情を知る長男・生《なり》種《たね》に受け継がれ、真実は深い霧中に込められて長い歳月が経とうとしていた。犀星自身もついに明かせなかった出生時の謎は、犀星作品を読む人々の大きな疑問としてあり続け、周知のように現在三つの生母説が唱えられている。

まず昭和三十年代、新保千代子氏が「小間使ひのおはるさん」（先述）の呼び名を手掛かりに長年月をかけて捜し当てた「佐部ステ」は、生前の犀星にも報告されたという。新保氏の著書『室生犀星ききがき抄』（角川書店　昭和37・2）によれば、知人が妻をなくした吉種の窮状を見かねて、自家の女中を遣わしたのだという。老いた吉種を亡くなるまで世話した「おはる」は、まさにその佐部ステであったというのである。『ききがき抄』は、吉種死亡直後、彼女が「家財を持ち出し、蚊帳まで盗つて逃げた」という、生種の当時の怒りを伝えているが、「主家を追われて行方不明」という生母のイメージはここから生まれたのであろうか。

安政三年生まれの佐部ステが生母だとすれば、三十三歳で犀星を産み、その後も小畠家にとどまり、わが子の九歳までの日常を間近に見ていたことになる。が、先述のように小畠家でお産が行われたという周辺の証言や噂は皆無であり、狭い地域で血を分けた母子が九年もの間、互いの関係を明かさずに過ごしたことになる不自然さなど、解決されぬ矛盾点も多い。犀星誕生直前の明治二十二年初夏、ハツと義姉おテヱが小畠家へ新茶を摘みに行き、貰い子の約束はそこで成立したのだとされ、昭和三十三年の新保氏の取材に、まだ健在だった八十一歳のおテヱが「わて（私）らがあんとき茶を摘みに行かなんだら、あの子を貰うこともなかつたかもしれんのに……」と、遠い日を思い出す言葉が何とも印象的である。ただ、おテヱが肝心の生母に言及していないのはまことに残念で、約束の場に同席した貴重な証人だけに、新保氏には彼女からもっと詳しく引き出してほしかったという思いが切である。

この「佐部ステ」を生母とする新保説は先駆的役割を果たし、長年定説となっていたが、昭和五十二年、小畠家で見つかった一枚の葉書がきっかけとなり、犀星長女室生朝子氏の「山崎千賀《ちか》」という女性を生母とする説が、新たに私たちの前に示された。件の葉書は、金沢の小畠貞一（先述）が昭和四年三月一日消印で東京大森の犀星に宛てたもので、犀星の没後、朝子氏から他の品とともに小畠家に返されていたのだという。文面に「貴兄の母は山崎千賀とあるのがそうらしい」の記述が見え、いわゆる生母論争の発端となった。

> 啓　名　弥左ヱ門吉種　　知行高ハ一〇〇石になつてゐるが事実吉種の父（弥五郎）の晩年になつて百五十石の墨付があるから……。うそとも思ハれぬ。長持をまぜ返してゐたら古い日記が出て来た。明治二十四年のもので文政九年正月於加賀国出生。同年六十六歳とある。そして家族中当年生種二十九歳、珠（私の母）二十一歳、悌一四歳、菊見二歳とある。貴兄の母は山崎千賀とあるのがさうらしい。生種の祖父即ち弥五郎はでけ物であつたさうである。

これは「俺のオヤヂの名前をしらせて下されたく、年譜をつくる必要があるのです」という、犀星からの依頼に対する貞一の返信で、吉種の正確な名前と知行高を知らせ、さらに吉種の古い日記の一部として家族の名と歳が記されている。一見、同居家族を記したように錯覚するが、当時、生種一家は富山県に赴任在住（吉種生存中は帰らず）しており、一人暮らしの吉種に「おはる」が仕えていたのに記されていないことを考え合わすと、ここに記されたのは、あくまでも吉種の意識する「家族」つまり「小畠を名乗るファミリー」を意味していよう。

そこに「山崎千賀」の名が家族に近い形（准家族）として書かれていて、貞一に「犀星の母であろう」と直感させたというのである。この短い文面だけでは直ちにあれこれの判断は難しいが、生母を明らかにするための、初めて現れた具体的資料として、この葉書は犀星読者の大いに注目するところとなった。やがて朝子氏の克明な調査（中島正之氏協力）によって千賀の生涯と犀星出生に関する見直しがなされたのだった。

朝子氏の著書『父犀星の秘密』（毎日新聞社刊　昭和55）によれば、千賀（戸籍上はちか）は明治元年、石川郡金石町（現金沢市金石町）の林宇兵衛長女に生まれ、富山県伏木（現高岡市伏木町）の花街へ山崎忠四郎養女として入籍され、明治二十年頃から芸妓として働いていたという。千賀の戸籍は同二十二年、つまり犀星出生年の一月、伏木近郊の横田村三〇三番地に移されている。同番地の地主の後裔で昭和五十年頃の当主・藤村信二氏の談話も、同地での千賀の出産を裏付けているようで説得力がある。

「敷地は八百坪ほどあり、（略）門を入って左側に小さい家があって、女の人が一人で住んでいたということを私は母から聞き、また別の人からも聞いている。」というもので、その千賀が金沢の小畠吉種の日記に登場するのは、やはり生半可なことではないように思える。それに裏千日町の小畠家内で赤ん坊が生まれたという形跡がない以上、千賀が生母である可能性は極めて高いと言えよう。千賀の居た伏木が、富山県で小学校校長を勤める生種の赴任校とごく近所であったことから、朝子氏は、息子を訪ねた吉種が同花街に遊び、千賀と出会い犀星が生まれたと推理した。しかし当時、金沢高岡間の山越え六十余キロには一部区間に定期馬車が走っていたとは言え、六十歳を過ぎた吉種が再々通って子を生すには、あまりにも遠すぎる距離であり、千賀が生母だとすれば、父親についても推理の見直しは必至であろう。

ゆくりなくも『杏つ子』冒頭に「父とか母とかを一応信じて見ても」いまだ確認されず、「わかい父の一日の行状を誰も知る事が出来ない。」と書いた犀星の思いが胸をよぎる。早い時期に「実父が果たして弥左衛門か否か、その子の生種ではないかという疑問もある」と指摘した、葉山修平氏の「犀星文学の新しさ」（『北國新聞』昭和56・2・17）はこの際見逃せない。

千賀の戸籍はその後、金沢市上新町に移動し、吉種の日記に書かれた明治二十四年には、彼女は金沢に住んでいたことが分かる。やがて彼女は山崎ちかを廃家して弟・林宇三郎の籍に戻り、「林ちか」として金沢市内で自活したが、晩年は弟宅に同居し昭和十四年五月、福島県郡山市で七十一歳の生涯を閉じたという。

平成八年、小畠家出身の宮崎夏子氏が、新しく小畠家の親族「池田初」を生母とする第三の生母説

（「続犀星の生母をめぐって」・『室生犀星研究』第14輯）を発表され、話題を呼んだのも記憶に新しい。宮崎氏によれば、吉種の妻まさの実家・池田千代の次女で明治元年生まれの「初」が伯母まさの看病のため明治二十年から小畠家に入り、吉種と内縁関係となり、同年十月のまさ歿後も同居を続けたのだとする。犀星を産んで程なく小畠家を退去し、明治三十八年に生種《なりたね》が親代わりとなって（いったん小畠初として入籍の上）北海道の毛利治平（現加賀市出身）と結婚。その後帰県して金沢市上新町に居住、昭和五年に六十二歳でなくなったという。

生涯、犀星生母について語ることなく、家族にも「犀星の生母を詮索することを固く禁じ」たという生種の、一方で初に示した温情ある手続きなどから推理した、親族ならではの宮崎氏の新説は、久しく膠着状態にあった犀星生母論争に再び火を点じた観があり、いまなお決定的でない「生母問題」を私たちに再度問いかけてきたといっても過言ではない。この「初」が生母だとすれば、犀星にとって生母養母とも同名の不思議な偶然に驚くほかないが、近隣に出産や生母に結び付く噂や証言の全くない（先述）ことを思い合わせ、残念ながら決定的条件を欠いているとの印象をぬぐえない。なまじ親族であるだけに、もし初が犀星の生母なら、生種の意に反して、噂は親戚中を確実にかつ根強く伝わっていき、真相は別の形で明らかになっていたとも考えられる。それに、母と自分を不幸に陥れた社会への復讐が文学の動機だ、とする犀星自身の述懐とも微妙にずれてくるように思え、疑問は深まるばかりである。

生種は犀星より二十六歳の年長で、短編「故山」（昭和16）のなかに、久し振りに帰郷した主人公甚吉の宿へ訪ねてくる「腹ちがひの兄」「もう八十になつた種彦」として登場する。「能登上布のやうな、昔風な夏のうすもの一枚」を「生きかたみとしてお前に持つて来たから夏になつたら着てくれ」と言い、さらに甚吉の二人の子供にもそれぞれ青色と桃色に印刷された貯蓄債券を「わしからだと言つて渡してくれ」と手渡し、肉親としての心遣いを見せる。老いの背をみせてやがて帰っていく、その様子が「あまりに年がちがつてゐるので兄といふ気はしないが父に似た感じのものだつた。」と結んだ最後の一行がまことに印象的である。遠い日の負い目を心に深く蔵して八十歳を迎えた「種彦」の、生き形見に托した精一杯の真情吐露であろうか。「頑固者の祖父(生種)でしたが弱い者には優しい人だった」(宮崎夏子氏)という生種像とオーバーラップして、先述の「わかい父」とは生種のことではないか、と胸がさわぐ。

ともあれ、真実は一つしかあり得ない。生誕すでに百二十数年が経ち、今後新しい資料の出現も極めて難しいと思われるいま、先の三説を基底に、あらためてその可能性と矛盾点が整理され、犀星の出生解明に結びつくことを願ってやまない。

＊参考文献
葉山修平『小説　室生犀星』(冬樹社　昭和55・5)
船登芳雄「出生の課題」(『室生犀星論―出生の悲劇と文学』三弥井書店　昭和56・9)
船登芳雄「犀星文学と生い立ち」(『評伝　室生犀星』三弥井書店　平成9・6)

「幼年時代」 ―母性への模索

作家が、初期の自作をのちに自ら否定するということは、さしてめずらしいことではないという。人によっては、これらを絶版にしたり、全集を編むときなどに改作を施し、あるいは作品そのものを入れないという例さえあると聞く。

室生犀星も、文壇へのデビュー作「幼年時代」について、のちに否定的見方をもっていたことが伝えられている。著者として絶版などの極端な行使こそなかったものの、晩年「私の履歴書」の中で「初めて書いた小説に巧さがある訳の筈のものではない。描写にいたつては取るに足りないものだ。私は誰にそれを聴いたらいいのか判らない。」と述懐し、昭和十一年、非凡閣より刊行の『室生犀星全集』には、じつに作中第八章から終章の十一章までをすっかり削除した「幼年時代」を収め、細部にもおびただしい変更がなされている。

犀星には、長い作家生活の中で、より進んだ境地に達した晩年、自負と共に第一作を振り返ったとき、おそらく遠い日の若書きの数か所が、気恥ずかしくも未熟なものとして映ったのであろうか。

しかし、読者である私たちは、一方でやはりデビュー作に固執せざるを得ない。「幼年時代」が、なるほど作者自ら言うように、描写や構成などにいくつかの難点を有するとしても、私自身、かつて十代の半ばに初めて「幼年時代」を通して得た室生犀星その人への、清新な印象と感動を忘れることはできない。その後、ほかならぬ「幼年時代」を起点に、詩や小説の様々な犀星作品に自分なりに親しみを深めていった日々がなつかしく振り返られる。

現実と作品世界の混同は、勿論これを避けねばならないが、金沢の千日町も裏千日町も、同じ界隈のごく身近な遊び場所として一時期を過ごした私には、ここに遡ること半世紀余の「幼年時代」の世界が、変わらぬ家並みのここかしこに、かの少年の心と足跡を色濃くとどめているように思えてならなかった。

千日町の、狭いながらも家々が軒を連らね、商家も混じる下町風の景色とは対照に、裏千日町の一角は、小さな格子戸や品のよい門柱が、ひっそりと秋陽の中に佇むような、子供心にも一種秘密めいたものを受け止めずにおかぬ、いわゆる「お妾の小路」であった。

時として、世間一般の条理とは背馳して営まれるこの純情の小空間が、皮肉にもその昔、運命の子・

室生犀星を結果として冷たく排除し去ったという事実は、「幼年時代」作中に描かれる実父母の一見優しげな態度とは裏腹に、大人たちの狡さとエゴイズムを厳しく浮かび上がらせる。旧藩士としての「実父」の体面もさることながら、相愛の形見ともいうべき嬰児を、目と鼻の先の隣町へ平然と他人に渡した彼らの分別は、犀星ならずとも今日、容易に測り難い人の心の奥底を見る思いがする。

よしんば、それらの処置がすべて「実父」一人の裁量でなされ、いまだ封建色強い時代の背景があったとしても、「幼年時代」の中で、主人公の「生母」なる女性の、わが子を前にしてのあまりに迷いのない物言いや落ち着いた仕草に、私はかえってある疑いを持たざるを得なかった。つまり、作中の「生母」は本当に少年の生母なのか、と。

ここで犀星その人の生母を云々するのではないが、純粋に作品世界だけをとらえてみても「実家の母」として登場するその人は母親としてはいささか不自然で、作者の筆は心なしか、そこだけが何か嘘っぽく、自信なげに思われる。そして、そのことに私はかえって胸を衝かれる。

作者の心に原体験としての「母」がないとしたら、母の実体もまた書き得ず、想像を働かせて書くほかない道理であろう。ゆくりなくも、そこに浮かび上がるのは「虚構の真実」ともいうべきものではないだろうか。幼い魂がひたすら母性を求めていながら、なぜか報われず、のちに一人、甘美な幻想を作品に託したのかと、僭越ながら私の率直な感想である。

犀星がデビュー作「幼年時代」に、のちには否定的だったと伝えられるのも、あるいは彼の心の正直か、密かな復讐心がやむなくとらせた一つの態度だったろうか。読む者の心にも切なく迫ってくる犀星内面の葛藤である。

共同体社会から拒絶（疎外）されたところに出発した犀星の詩作、そして小説としての第一作もまたそのテーマを色濃くひそませながら、作家室生犀星のスタートを飾るにふさわしい、滅びぬものを持っている「幼年時代」だと思われる。

「性《せい》に眼覚《めざ》める頃《ころ》」

─表棹影との出会いとわかれ

室生犀星は大正八（1919）年、自伝小説「性《せい》に眼覚《めざ》める頃《ころ》」（『中央公論』同年10月号）を発表した。先の第一作「幼年時代」（同誌8月号掲載）と並ぶ初期の代表作で、前作よりいっそう進歩した創作の手法を獲得し、この「性に眼覚める頃」によって犀星は、詩人から小説家へのあざやかな転身を果たしたといっても過言ではない。

本作は、十七歳になった主人公「私」の文学と性への眼覚めが、親友の恋と死に時間を並行させながら、清新な叙事詩の趣で書き進められている。親友の名は表棹影《おもてとうえい》。行儀良く奥手な「私」とは対照的に、棹影は早熟で才気煥発。素行では思い切った不良性を発揮し、つねに「私」の一歩先を行く刺激的存在として描かれる。一生の体験をわずか数年に凝縮し、時代を駆け抜けていったその個性は、

作中に紹介されている短歌二首、

麦の穂は衣《ころも》へだてておん肌を刺すまで伸びぬいざや別れむ
日は紅《あか》し人には人の悲しみの厳そかなるに涙は落つれ

の強烈な印象とともに、滅びぬ青春の譜を刻んでいまも私たちの心に生き続けている。

棹影は、ほかにも「詩友《しゆう》の事《こと》」(『中野重治研究』収 1924・6)や「人と印象」(『魚眠洞随筆』収 1925・6)、『童笛吹《わらべふえふ》けども』(1948・5)など、いずれも犀星作品の回想の中に実名で登場する。犀星にとって、生母探求が文学の原動力なら、棹影との出会いと訣れは、啓発と人生の無常を痛感せられた、苦い青春の原点ではなかったろうか。

多感な思春期とのわかれ描く

(棹影は)「街のまん中の西町といふ處に住んでゐた。私に交際したいといふ手紙をよこしてから三日目に、この見ず知らずの友は、私の寺をたづねにやつて来た。」(「性に眼覚める頃」)

そして二人は雑誌に投稿した自作の詩や短歌を見せ合い、「このやうな立派な美しく巧みな歌をよむ友が、私以外にもこの故郷にゐたことを喜んだ。」という「私」の驚きと自負はそのまま、若い犀星の心に刻まれた棹影への第一印象であったろう。

大柄なだけに実年齢より上に見られがちだった早熟の棹影は、小説のなかでは晩成な「私」の性の指南役を振り当てられ、芝居小屋の幕間にも「私」の目の前で、少女への大胆な接近交渉を披露してはばからなかったという。

かれは決してきむすめ以外には手出しをしなかつたし、生娘なればたいがい大丈夫だとも言つて居た。

「(略)それに成るべく美人の方がやりいいね。」

「(略)子供の時分から人に可愛がられてゐるから馴れてゐてやりよいのさ。」

十代の少年の言葉とも思えないほど、巧妙でしたたかな台詞をはき、「女なんかすぐに友達になれるよ。君にも紹介してやるよ。」と、わけもなく言うわりには一向に紹介しなかったという。そんな彼に「烈しい嫉妬をかんじながらも」「私は何かしら彼が懐かしかった」と心境を打ち明けている。あくまでも優等生の「私」と、優しさの反面「図々しく衝き込んでゆく」棹影の二面性は、誇張された小説の世界とはいえ、興味深い青春期の対照である。

当然、「表の評判は悪かつた。（略）町の娘らは道を譲るやうに彼を避けるほどになつてゐて、みな、うしろから指をさし」たと、作中、棹影の大胆行動に対する世間の風あたりは厳しくなっていった。

その一方で、「そのころ、表は公園のお玉さんといふ、掛茶屋の娘と仲よくしてゐ」、二人は「いつのまにか深い交際をしてゐた」と、恋愛関係の進展を暗示している。表の「女にとり入る術」の巧みさに感心しながら、「私」は例によって、そんな二人の恋を「詩のやうに美しい心」で見守ったという。

やがて棹影は不治の病（肺結核）に冒され、「私」も、寺の賽銭箱から銭を盗む若い女の様子に、心揺れる日々を持つこととなった。そして久しぶりに棹影を訪ねた「私」の目に、彼は青い顔をし痩せて衰弱が著しかった。柿の葉の散り始める季節であった。

「たうとう床についてしまつた。」「僕はどうしても死なないやうな気がするんだ。死ぬなんてことがありそうもないやうにね。」「死の予期といふものがあるだらうか。」じっと思いを凝らした友の言葉に、「私」は答えようもなく黙るほかなかった。

後日、発行されたばかりの北原白秋詩集『邪宗門』を持って再び彼を見舞った「私」に、棹影は孤独を詠んだ自作の詩を見せる。

「この寂しさは何處よりおとづれて来るや。たましひの奥の奥よりか空とほく過ぎゆくごとく

とらへんとすれど形なし。ああ、われ、ひねもす坐して　わが寂しさに觸れんとはせり。されど
かたちなきものの影をおとして、わが胸を日に日に衰へゆかしむ。」

死をめぐって、否定と肯定を行き来する友の心の内が読まれ、棹影の咳に「私」は顔をそむけながら、伝染しないだろうかと内心不安になるのだった。

「柿が重さうに梢にさがり出す頃」棹影を訪ねると、彼はもう臥たきりで起き上れなかった。

「(自分が死んだら) お玉さんと交際してくれたまへ。」「僕がいけなくなつたら君だけは有名になつてくれ。僕の分をも二人前活動してくれたまへ。」と訴える棹影に「私」は胸が迫って涙した。

秋の半ばすぎ、彼はなくなった。「参詣人といつてもわづか四五人の貧しい葬ひ」に唯一人ひっそりと見送るお玉さんの姿があったという。棹影の命日は明治四十二年四月二十八日であり、「秋の半ば」としたのは犀星の寂しさを埋める脚色だったろうか。

後日、公園にお玉さんを訪ねた「私」は、彼女から「わたし此のごろ変な咳」をすると聞かされる。棹影表との関係があったため、家では「よく表に融通したかねのことで絶えず泣かされる」ともー。棹影の命を奪った「あの恐ろしい病気がもうかの女に現はれはじめたこと」に驚きながら、「私」の心は「表の生涯の短いだけ、(略) 短い間に仕盡して行つたやうな運命の狡さを感じ」て、複雑に揺れるのだった。

「わたしこのごろ死ぬやうな気がしますの」という彼女の言葉を思い出しながら「私」が公園の坂

を下りて行く作品のラストシーンは、一時代との「わかれ」を象徴して物寂しくも、どこか決然としている。

「性に眼覚める頃」の主題は、多感な思春期に別れを告げる犀星自身の成熟と、棹影が成し得なかった功名への羽ばたきを、言外に語ってやまない。まさに、過ぎし青春の日のレクイエムといっても差し支えないだろう。

「一冊のバイブル」

――青春の回顧〈苦しみあがきし日の償ひに〉

室生犀星初期の短編小説「一冊のバイブル」は、大正八（1919）年、『文章世界』九月号に発表された。この年、犀星は詩作中心から小説著述へと志を転じ、まず中央公論編集長・瀧田樗蔭へ小説第一作「幼年時代」を送ることで自らの運命を賭けた。幸い、それは『中央公論』同年八月号に掲載され、十月号には「性に眼覚める頃」（原題「発生」）、十一月号に「或る少女の死まで」と立て続けの作品発表が文名をあげ、のちに犀星の初期三部作と称されるのは、犀星読者のよく知るところである。「一冊のバイブル」は、それらとほぼ同時期に書かれたと推察されるが、前記三作とは掲載誌が異なることもあってか、これまであまり注目されずに過ぎてきた感がある。犀星自身は晩年、初期作品の原稿料推移を回顧した中で、この「一冊のバイブル」を次のように述べている。

私が中央公論に書いた「幼年時代」の原稿料が最初に一枚一円であり、いまから二十二年前の大正八年八月であった。十月号に「性に眼覚める頃」を書いたときに一円五十銭になり、十一月号に「或る少女の死まで」を書いて弐円になり、(略)それから『文章世界』に「抒情詩時代」といふ散文的小説を書いたのが、やはり大正八年五月号で、これは一枚五十銭だつた。同年の九月に私はこんどは正式にたのまれて「一冊のバイブル」を『文章世界』に書いて一枚七十銭を貰つた。

(『憑かれたひと ―二つの自伝―』1・自叙伝「原稿料」冬樹社刊 昭和55・3)

つまり「一冊のバイブル」は、それまでのいわゆる持ち込み原稿ではなく、出版社から初めて「正式にたのまれて」執筆した、犀星にとってまことに記念すべき一作だったといえよう。『文章世界』は当時、犀星と同じ石川県出身の自然主義作家・加能作次郎[1]が編集を担当していた中堅の文藝月刊誌である。ちなみに明治三十九年三月、十七歳の犀星が同誌創刊号に小品文「河辺の初春」を室生残花の名で投稿入選し、それが「作品が活字になった最初」(新保千代子編・室生犀星年譜)という縁浅からぬ雑誌でもあった。犀星が同郷のよしみで加能を頼ったことは十分に推測される。年譜によれば犀星は、同誌大正四年九月号と五年十一月号にも、それぞれ詩数編を発表している。

一冊の聖書から得た着想

私はその下宿へ引移つてから間もなく、ある日のこと、押入の隅から一冊のモロッコ皮の古いバイブルを見つけた。私は始めてこの室を見にきたとき、押入の棚の隅に小さな箱のやうなもののあつたのを覚えてゐたが、そのまま女中が掃除を忘れて、かうして埃まみれになつて残つたものらしかつた。

こんな書き出しで始まる「一冊のバイブル」は、一冊の聖書と主人公「私」の関わりを軸に、変転する都会生活の一面を抒情的雰囲気のなかに描き出している。

「私」はその押入のなかに小さな虫籠をも見出した。それらは先住の人の忘れ物と思われたが、バイブルには署名がなく、書き込みも見当たらなかった。持ち主のわからぬままに「私」はいつしかそれらを自分の持ち物のように振る舞っていた。文学修業中の「私」にとって、郷里からの仕送りはつねに不足がちで、友人のFに勧められた筆耕のアルバイトで補っていたが、その仕事に「私」はあまり熱意を持てなかった。

ある日、仕事の報酬を受け取ると、Fとともに街へ出かけた「私」は早速、夜店で松虫を買い、F

から「君は虫を飼つたりするほど巫山戯た男だ。しかし君は一生そんな風なことが好きだらう。」と皮肉まじりに指摘されるのだった。

ひと夏を虫の鳴き声に慰められて過ごした「私」は、宿の女中から、部屋の先住者が「耶蘇教の学校へ通つてゐた女の姉妹」で、二年あまりいたと聞かされる。例のバイブルは彼女らのものと察せられ、それまで気付かなかったが女の持ち物と分かったせいか、バイブルに微かな「白粉とも髪の匂ひとも区別しがたい匂ひ」が感じ取られた。「それにしても聖書を忘れてゆくといふことが変に思はれ」もするのだった。一方、下宿の払いが滞りがちの「私」は、虫に茄子一つ買い与えられない自分の不甲斐なさにやきもきしていた。

ついに虫は死に、まもなく「私」はその下宿を引き払ったが、都会の漂泊生活にあって「私」はいつもあのバイブルだけは手離さなかった。「何等の愛もなかつたが、私はなぜかこれを離してはならない宿命を負つたもののやうに、いつも机の上に置いたり、ときには、清い朝、声高く朗読したりした」。つまりバイブルによって「私」は苦しみを救われていた。

いつしか一年、二年と過ぎ「私」は折々に、よく千駄木の下宿や虫籠のこと、Fのことなどを思い出していた。そして、とうとう「私」もそのバイブルを手放すときが来たのだった。大正六年九月、父危篤の報せを受けた「私」は帰郷する夜汽車の中で、やはり東京から故郷の柏崎へ帰るという一人の女性と隣り合い、互いの住所を教えあって別れた。

郷里で父の葬儀終了後、「私」はかねて話のあった女性との結婚話をすすめて東京に戻った。やがて父の遺産で詩集出版にこぎつけ、その準備に追われていたある日、汽車の中で会った女の人から便りが届く。「私」も丁寧な返信をし、「それきり又忙しくなつて」日が経っていった。「私は詩集の巻頭に父にデヂケェトした言葉を書き、そして私自らのためにはドストエフスキィの處女作の中の文句〈苦しみあがきし日の償ひに〉を選んで、その扉に記した」のだった。

そのうちに「れいの女の人」からまた手紙が来て、差出しは「浅草区角町」となっていた。来合わせた友人と地図で調べたがそういう町名はなく、手紙には「こんど恥かしながら勤めをすることになりました」とあった。長い間地図を見ていた友人がそれは「吉原だ」(遊郭)と言い当てる。

「私はああして隣り合つて坐つた深切な女が、しかもこの都会の深い泥濘の底へ堕ちて行つた運命を呪うた」。そして「私」は、いまこそバイブルを返すときが来たと思い、「あの女のひとが讀まなくとも、持つていてくれるだけでもいい」と考えるのだった。バイブルが「私」のときのように彼女を苦境から救ってくれるはずだと―。バイブル効果の連鎖を信じ、吉原にいる女性の元へバイブルを送ることを暗示して作品は結ばれている。

作家・室生犀星誕生の背景

青春の長い放浪生活を経て、ようやく詩集出版に漕ぎ着け、文学的にも実生活の上でも、ひとまず新しい境地と成果を得た「私」の回想記である。それまで彼の不遇時代を精神的に支え、お守りのような役割をしてくれた一冊のバイブル。今度は新たにそれを持つにふさわしい、それを持つことで身を守ってほしいと願う相手、すなわち「夜汽車で隣り合わせた女のひと」へバイブルを譲ろうとする心情は、「私」の自立宣言にほかならない。作中の「私」に犀星自身の投影があり、初期作品に共通の自伝的要素の濃い作品となっている。

犀星が、故郷金沢から初めて上京したのは明治四十三（1910）年五月。金沢地方裁判所勤務の頃の上司・赤倉勇次郎（俳名錦風。その頃は凸版印刷勤務）を頼って下谷区根岸町に、犀星はひとまず旅装を解いた。赤倉の紹介で東京地方裁判所の地下へ筆耕アルバイトに出かけるかたわら、下宿を転々とした。その苦しい彷徨の中で、同じ石川県（七尾）出身の文学青年・藤沢清造[2]と出会い、作中「善良なF」とあるこの藤沢と親しくなっていった過程がしのばれる。

作中、詩を書くこと以外これといった定職を持たず、Fの勧めで気が進まぬながら筆耕の内職をする「私」は、いまだ将来に確かな方向を見出し得ぬまま、偶然入手した聖書に「不意にものを贈られたやうな」嬉しさと同時に「運命を指摘されたやうな不安と、ある微かな恐怖」を心に受け止めたという。その描写は、おそらく作者自身の心境を映していよう。

年譜によれば、犀星がバイブルを手にした時期は意外に早い。明治四十三年五月の初上京後、不安定な暮らしに行き詰まり、翌四十四年七月に帰郷（但し『現代詩読本・室生犀星』中、本多浩氏編「室生犀星年譜」には「この帰郷はなかったのではなかろうか」とある）。同年十月再上京し、放浪生活の中で同四十五年、本郷の縁日で聖書を購入したことが、犀星後日の日記に記されている。なすこともないまま聖書を手にしたある日の記録として――。

「日録―仕事中の日記」（昭和10）

六月九日

けふも蒸し暑く八十三度あつた。

聖書のなかに面白い言葉がないかと捜して見たが、見付からなかつた。久潤りで讀んで見ると、聖書の筆者といふ者が奈何《いか》に恐ろしい情熱を以つて、書いてゐたかが分る。かういふ情熱は宗教以外では持てない情熱らしい。しかも可成りに空虚なことを勿體らしく獨り合點でかき進んで行くことは、並大抵の仕事ではないらしかつた。この書物は何人かの人間の死を賭したやうなところがある。寧ろどういふ人間にせよ、かういふ書物をつくり上げたところにキリストに似た偉大さがあるやうに思はれた。

この聖書は明治四十五年に私が本郷の縁日で五銭で購めたものであるが、本の好きな私は本を購めることが出来ないで、明けても暮れても聖書を讀んでゐた。他に讀む本がなかつたせゐもあるが、何よりも空威張りをした文章とその口調が興味を惹いたものに違ひなからう。自分で更紗で表紙をつくり、背中に羊の皮を張り付けて、聖書と題簽を書きつけてあるのも、遠い記憶のなかにそんなことをした日が、思ひ出されて来るのであつた。

しかも書物の変遷はげしい私の所蔵本のなかでも、失はれずに残つてゐるのがこの五銭の聖書だけであつた。

（随筆集『文學』三笠書房刊　昭和10・9）（傍線筆者）

都会で食い詰めては故郷へ帰り、冷たい視線に耐えられず、また東京に逃げ帰るという、上京と帰郷を繰り返す生活の荒廃は、その頃必ずしも犀星一人に限らないが、藤沢清造、安野助多郎、島田清次郎ら文学の志半ばに夭折した同郷の人々、「都会の深い泥濘の底へ堕ちて行つた」数多くの女たちとの強い連帯感を伴うものであったろう。藤沢清造の「渠に云ひたいこと」（「室生犀星特集」『新潮』大正9　7月号）の中に、藤沢がとらえた犀星漂泊時代の状況が次のように述べられている。

渠が養父の死歿に依つて、幾千かの遺産を得るまでの十年間と云ふものは、飢餓と、隠忍と、失望とに塗りかためられた生活をしてゐたものだ。今思つて見ても、僕には能く渠が、あの暗黒と苦痛とに堪へ得て来たものだとおもふ。

僕が最初渠を知つた頃、渠は或米屋の二階に間借りをしてゐたが、其の頃渠は僕に逢う毎に、何時も「俺は米屋の二階にゐながら、碌碌飯も食へないのだ」と云ふのを口癖にしてゐた。(略)渠は、此の前後絶えず間代の滞納から、宿主から寄宿を拒絶されて余儀なく転宿また転宿して歩いたものだ。(略)讀む物と云つては、一冊の聖書に限られてゐたこともあった。渠は、其の一字一句にも、晝夜不断に溢るる血涙を浸しながら、剰さずそれを通讀したのは、實に此の當時の出来事なのだ。(後略)

苦しみあがいた漂泊の日々

さらに藤沢は同文中に、なおも忘れられぬ思い出として次のような事柄も明かしている。

一夜、藤沢の所に泊まった犀星が手帳を置き忘れていったという。何気なくそれを取り上げてみると、最初の頁に「俺の死骸を発見した者は、即刻左記のところへ知らしてくれ」と明記され、養父の名と住所が記してあったというのである。藤沢は、「餘の痛ましさについ泣かされてしまつた。だから、僕の知れる限りに於て、過去の渠は、人間として極度の貧窮と同時に、極度の貧窮の齎らす苦痛と悲哀とに依つて生活して来たのだ。其の点に於て僕は現在の渠に無限の尊敬を拂ふものだ。」と、万感の思いで述べている。後に昭和七年一月二十九日、藤沢は窮乏の末、精神に異常をきたし、都下・芝公園で凍死して果てたとは、何と痛ましい運命の皮肉であろうか。

犀星は、一冊の詩集が出版されるにも「さまざまな人の手を経なければならなかつた」その幾十人の下積みの人たちにも、思いを致さずにいられなかったという。幸いにも詩集出版にこぎつけた彼にとって、苦闘の時代に往き合ったこれら多くの人たちこそ、自分の分身ともいうべき、懐かしく愛しい人々だったにちがいない。登山の成功が、頂上に立った一人の人物の栄光の背後に多くのスタッフの協力があり、時には命の犠牲さえ生みかねぬように。一人の作家・室生犀星の誕生が、幾多の人の貴い労働と青春、小さな虫の命にも支えられ、それらと引き換えに成しえたことを、犀星自身が厳粛に受け止め、深い感慨のこもる「一冊のバイブル」だったといえよう。

一方、この頃萩原朔太郎と文通を始め、大正三年二月、前橋に朔太郎を訪ね約三週間滞在したことや、朔太郎の勧めでトルストィやドストエフスキィ(3)を耽読し、北原白秋や大手拓次らに親しんだことも、本作の背景として見逃せず、犀星にとって青春の貴重な一ページとなった。費用面では養父の遺産で大方賄った詩集出版であり、犀星は『愛の詩集』序にこう記した。

みまかりたまひし父上におくる

いまは天にいまさむ　うつくしき微笑いまわれに映りて、我が眉みそらに昂る……。

私の室に一冊のよごれたバイブルがある。椅子につかふ厚織更紗で表紙をつけて背に羊の皮をはつてＮＥＷ　ＴＥＳＴＡＭＥＮＴ‘とかいて私はそれを永い間持つてゐる。十餘年間も有つてゐる。（略）私は暗黒時代にはこのバイブル一冊しか机の上にもつてゐなかつた。（略）いまその本をとつてみれば長い讃嘆と吐息と自分に對する勝利の思ひ出とに、震ひ上つて激越した喜びをかんじるのであつた。私はこれからのちもこのバイブルを永く持つて、物悲しく併し楽しげな日暮など声高く朗読したりすることであらう。ある日には優しい友等とともに自分の過去を悲しげに語り明すことだらう。どれだけ夥しく此聖書を接吻することだらう。

（傍線筆者）

そして巻末には「吾等苦しみあがきし日の償ひに」と書いて過ぎし青春の回顧とした。

詩集序文中の「暗黒時代」は、恐らく自身の不遇だった日々を振り返ってそう呼んだには違いないが、詩「ドストエフスキーの肖像」の中に見える「この人の暗黒時代」という語が大きく関わっているらしい。この呼称について、三木サニア氏が「室生犀星とドストエフスキー㈠　―「一冊の聖書」をめぐって―」（『キリスト教文學』第16号、１９９７・５）でこんな指摘をされている。

「暗黒時代」とは、評伝『ドストエフスキー』の著者・新城和一氏が名付けたもので、「ドストエフスキーが作家として世にみとめられ始めた矢先、例のペトラシェフスキィ事件に巻き込まれ、十年間にもわたる捕囚生活と兵役生活をシベリアで送らねばならなかった」期間を指す。かれは「シベリアへの護送中、トポルスクで十二月党員の妻達から贈られた一冊の聖書に生きる力と糧を得」たのだという。

「……彼女達は我々に十字の記しを切り乍ら、道中の祝福を与へ、贈物として皆に一冊の聖書を与へた。其は懲治監に於て許された只一つの書であつた。私に渡された此本は四年間牢獄の私の枕下にあつた。私は時々其を讀み、また他の囚人にも讀んで聞かせた。」

（新城和一の評伝『ドストエフスキイ』「一作者の日記」）

ドストエフスキーにとって、一冊の聖書が「凡ての慰藉であり、生命であった」が、そういうある日のこと、ペトロフという囚人が彼の聖書を盗むという事件が発生。「一日も読書を怠ることの出来ない彼（ドストエフスキー）にとっては」大変な衝撃であり、途方にくれているドストエフスキーのあまりの落胆ぶりを見て、五人の人間を殺した極悪人ペトロフも、さすがに悔いて罪を自白したという。

当時、新城のドストエフスキー伝記の熱心な読者であった犀星にとって、一冊の聖書にちなむこれらのエピソードは自らを励ます、まさに希望の光にほかならなかった。制作時期の早い『抒情小曲集』

より、第一詩集には敢えて『愛の詩集』刊行を優先させた犀星の心に、いかに「ドストエフスキー」の存在が大きかったかを、あらためて思い知らされる。

ドストエフスキーの肖像

深大なる素朴
耐へ忍んだ永い苦しみ
鈍い恐ろしい歩調で迫る君の精神
そのひたひには
ペテルブルグの汚れた空気が
くもの巣のやうにかかつてゐる
騒音がする
叫びが聞える
悩んだものの美がある（略）
あなたはシベリアの監獄に四年も居た（略）
何を為てゐたか傳記學者も

解らないこの人の暗黒時代
此の人の前で勉強をしろ
我慢に我慢をかさね勉強をしろ
どのやうな苦しみも此人の前では誓へる（略）
よく勉強してゆくことを　おお

（『愛の詩集』感情詩社刊　大正7・1）

犀星が、藤沢のいう「飢餓と隠忍と、失望とに塗りかためられた生活」の中で、ひたすらドストエフスキー暗黒時代の苦闘と困難を自らの日々に重ね、「我慢に我慢をかさね」隠忍のエネルギーに代えたことが、詩人室生犀星を育み、小説家室生犀星を誕生させたのだった。バイブルはその暗黒時代の象徴として何者にも代えがたいものだったろう。犀星は後年、小説「汽車で逢つた女」（『婦人公論』全集第九巻所収　昭和29・10）の中に、遠い日、夜汽車で偶然席を隣り合ったかの女性とおぼしき女を再登場させて物語を展開し、熟練の技を見せている。

《註》

（1）加能作次郎…明治十八〜昭和十六。石川県羽咋郡西海村（現富来町）生まれ。生後間もなく母死去。父は漁業を営んでいた。複雑な家族関係の中で苦難の少年時代を送り検定で小学校教師となるが、文學を志して上京。独学で早大入学、雑誌編集者に。人生への深い洞察と善良な人間観を基調とする自伝的作品が多い。享年五十六。

（2）藤沢清造…明治二十二〜昭和七。石川県七尾生まれ。尋常小卒業後、幾つかの職業を経て上京し、徳田秋声の紹介で演芸画報社の訪問記者となる。犀星と知り合ったのはこの頃か。同郷の安野助多郎を描いた長編「根津権現裏」を発表。窮乏の末に精神に異常を来たし、芝公園で凍死。享年三十二。平成二十二年、西村賢太氏（第一四四回芥川賞受賞）が自らを「藤沢清造の没後弟子」と名乗り注目された。

（3）自伝小説「泥雀の歌」に「私はトルストイとかドストエフスキイなら零箇断片の切抜きまであつめて、讀みふけった。」とある。

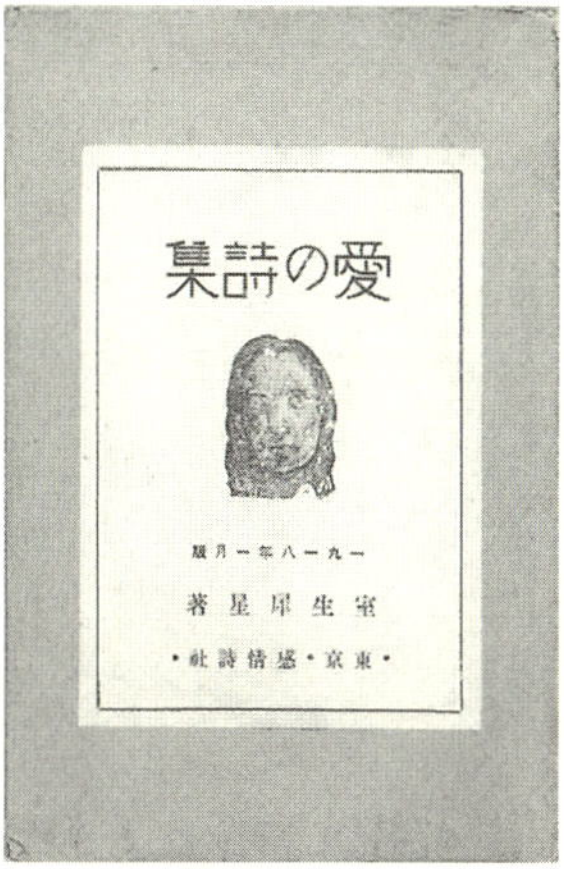

第一詩集『愛の詩集』
（感情詩社刊　大正７年１月）
犀星その頃の愛読書、ドストエフスキー「虐げられし人人」の中の、14歳で死んだ少女ネルリの肖像を表紙に。

藤沢清造、明治22年10月28日犀星と同年生まれ。昭和７年１月29日、都下・芝公園で凍死体で発見された。享年32。

「冬」――差別される者への視線

これまであまり話題にならなかったが、室生犀星の初期の作品の一つに「冬」がある。大正八年、「幼年時代」や「性に眼覚める頃」を雑誌『中央公論』に発表し、小説家として新たな出発を果たした犀星はその後、自らも認める濫作の時代に入り、一年間に三十篇もの小説を送り出したという。

大正十年、『婦人之友』一月号に発表された「冬」も、そうした時期に生まれた自伝的小品であり、作中に描かれているのは、主人公の数え九歳から十歳にかけての一年間。時間的には「幼年時代」後半と重なるが、そこには自身の複雑な家族関係や状況の美化はなく、幼い目に映じた故郷の冬景色の中に《柳虫賣り》の父子を独特の陰影と哀愁で描き、短編ながら作者の進境がしのばれ、しみじみとした味わいである。

冬になると、子供たちは風のあたらない所で「みんな固まって話しながら、からだをすりよせ、お互いのからだの温まりを皆それぞれに慕ひ合」って過ごした、と書き出され、「さういふ日には、氣まぐれなちらちらした雪が、はじめて町の上にふってることが多」く、「さういふ日はきつと柳虫を賣る老人がやってくる」のだという。

「やなぎむしよーやなぎむし。」という呼び声とともに老人は川下からやってきて、町で売りあるいた。柳虫というのは、ふしぎな河虫のような一寸ほどの蛹《さなぎ》で、火にあぶって子供の疳おさえに食べさせるものとされていた。現在はまったく聞かなくなったこの《柳虫賣り》だが、明治・大正から昭和の初め頃までは、柳虫への需要があり、庶民の暮らしに溶け込んでいたものと思われる。

同じ金沢出身の泉鏡花も随筆「寸情風土記」（大正9・7）に、こちらは初夏の情景として「山男のやうな小父さんが、柳の虫は要らんかあ、柳の虫は要らんかあ。」とその呼び声をなつかしく再現させている。もしかしたら犀星は、同郷の先輩のこの一文に目がとまり、自らも記憶にある《柳虫賣り》の父子を作品によみがえらせたのかも知れない。

「冬」の柳虫賣りの老人には一人の息子があり、息子は「わたし」と小学校の同級であった。彼はいつも「龜虫のやうに」黙った子供で、皆から馬鹿にされがちだったが「どういふ時でも泣くといふこと」も、楯突くこともなかった。やがて川下に鉄橋工事が始まり、子供たちは工事の様子を見に行ったり、まだ見ぬ汽車について話し合ったりした。ある日、龜虫が工事のトロッコに乗せてもらっているのを目撃した子供たちは、龜虫を介して自分らも乗せてほしいと頼むが、断られる。「わたし」には、龜虫のからだつきと工夫達が「人間的な種類が通じてゐるやうに考へられた」。鉄道が開通し、走り過ぎる汽車に、子供たちは「乗りたいな」「うん。乗りたい」などと会話しながら、文明の匂いを感じ取っていた。龜虫父子は世の流れと無関係のように、相変わらず柳虫採りの日々を送っていたが、水溜りにうつる汽車を龜虫は「おやぢの目を偸んでは、こつそりと眺める」のだった。

『石川県史』によれば、金沢に鉄道工事が始まったのは明治二十九年十一月である。犀川下流での一年余りの鉄橋架設工事を経て、列車の運行が開始されたのは同三十一年四月だったという。これらがそのまま作品の背景として生かされ、鉄道開通に象徴される新しい文化の波に、喚声をあげる子供たちと、一方、まだ古い文化（習俗）に依存せざるを得ない柳虫賣りの父子を対照させ、何かを暗示する一話の結びとなっている。

犀星の筆は慎重だが、これは決して単純な牧歌的懐旧譚ではなかろう。柳虫賣りの父子に対して「わたし」を含む子供たちが行なった無邪気な、それゆえにかえって深刻な〈差別〉のありようを浮かび上がらせている。

いつも川下からやってくる老人。老人は川下から学校へゆく自分の息子（龜虫）を自慢にしているという。明治十九年、尋常小学校四年間を義務教育としたものの、就学率がまだ五〇パーセントに満たなかった当時、しかも川下地域からの通学は稀有だったのだろう。この「川下」が、いわゆる特殊部落の意味であることは容易に察せられる。

いつも素足で、級友への卑屈なまでに遠慮がちな亀虫の振る舞いであり、「まるで目下のものに言う調子で」亀虫に対する子供たち。ある日、「藁屋根の暗い土間」に柳の枯れ枝を積み上げた柳虫賣り父子の住まいをたずねた子供たちは、内部の様子を覗き込んで、さすがに亀虫への同情を禁じ得なかった。

「亀虫、こんなところに居てお前は寂しう思はんかい。」としんみり語りかける口調には、それまでの傲慢さが消え、同世代の亀虫が負う重い現実を前にした彼らの戸惑いがにじんでいる。そして「何とも思はん。」と答えた亀虫少年の屈折した心理は、痛ましいほどに大人びている。

のちに詩集『青き魚を釣る人』に犀星はこう書いている。

私は鐵橋の見える土手の上に坐つて、袂からヒーローといふ煙草を出して燻べてゐた。煙草の味はわからなかつたけれど、その煙草の煙をぱつと口から吐き出したときは自ら愉快であつた。(略)そして例の鐵橋のほとりに出かけたものであつた。三人なり五人なりが、暖かい草場に坐つて、いいかげんに坐り鹽梅よく草をあつめて輪をつくつて、みんなが一本づつ燻べるのであつた。私は一番早く煙草の味を覺へてゐた。私はいつも黙つてこれらの仲間に交ることを好んでゐた。

われらみな少年の日の友と
寂しくかたみに語るべし。

「われらみな少年の日の友と／寂しくかたみに語るべし」とうたった犀星の心に、かの亀虫は「友」として映っていただろうか。

詩「小景異情」の中で「うらぶれて異土の乞食となるとても」と謳った犀星。同じく自分になぞらえての「銀製の乞食」詩にも、やりきれない現状への不満が若い詩人の内に突きあげてきている。

大橋毅彦氏は『室生犀星への／からの地平』のⅢ〈物吉繁多〉という男―「杏つ子」を伏流するもの―[1]で、これら犀星詩の〈乞食〉という語から、自伝的小説の集大成「杏つ子」に至るまで、「従来の犀星研究が看過」しがちだった、犀星文学における被差別の人々との共生感について、深く垂鉛をおろされ示唆に富む論考を展開しておられる。

「冬」は、いっそうの進展をうながすとともに、犀星文学の原風景的作品と思われてならない。

＊参考
北陸線建設……明治26年4月、北陸新線工事着工。（同27年8月、日清戦争始まり軍事優先の為工事遅れる。）

明治29年11月、金沢停車場設置場所決定。犀川仁蔵橋と御影橋の中間に鉄道用橋梁架設に着手。

明治30年9月、金沢―小松間の線路敷設完了。

明治31年4月、金沢に鉄道開通。営業運転開始。（中井安治著『鉄路有情』平成9刊行より）

《註》
（1）大橋毅彦著『室生犀星への／からの地平』（若草書房刊　2000・2・15）
Ⅲ磁場としての出生と郷里・文学史の内と外・〈物吉繁多〉という男―「杏つ子」を伏流するもの―

「浅尾」――底辺の人々に注がれた犀星の目

室生犀星初期の短編「浅尾」は大正十（1921）年、『中央公論』六月号に発表された。浅尾《あさを》とは、加賀騒動で蛇責めの刑を受けたとされる奥女中のことで、現在はさほどではないが、江戸時代後期から明治・大正・昭和の前半にかけて、講談や歌舞伎に衝撃の処刑場面としてしばしば取り上げられ、浅尾は大衆の中にかなり知れわたった名前であった。

少年時代から芝居小屋に通ったという犀星もおそらく、泉鏡花（「照葉狂言」）と同様に、地元金沢で演じられた加賀騒動の舞台を何度か見る機会を持ったことであろう。残忍な刑を科されたこの浅尾への若かりし犀星の同情と正義感が、やがて世間の通説を逆手に取っての、意表を突いたこの作品を生み出したのだと言っては、うがちすぎだろうか。

伊達騒動や黒田騒動と並んで江戸時代の三大お家騒動の一つとされる加賀騒動は、寛延年間（1748頃）、六代藩主前田吉徳《よしのり》の寵臣・大槻傳蔵と、吉徳の側室・真如院が組み、吉徳の嗣子宗辰《むねとき》を廃して真如院の子・利和を藩主にしようと、宗辰やその生母の毒殺を計ったとされる「未遂事件」を指している。

藩財政が次第に厳しさを増す中、藩主の取り立てで、一介の御居間坊主から三千八百石取りの人持組へと、異例の出世を遂げた大槻の性急な改革断行と、門地家柄を重んずる一部保守派の激しい反発と嫉妬。大槻の庇護者・吉徳の死後、彼の立場はいっそう苦しいものとなり、反対派の陰湿な糾弾が事件の隠れた真相だったとされる。

「君恩を忘れ毒殺を謀った大悪人」として捕らえられた大槻は、ろくな詮議もされず、山深い越中五箇山の流刑小屋で無念の自死を遂げた。真如院とその子ら、そして真如院付きの中老で置毒の実行者とされた浅尾も、藩の江戸屋敷から金沢に送られ、彼らは別々の場所に幽閉されたという。浅尾は一年後に処刑され、真如院はその翌年死去。利和と同腹の弟・八十五郎も数年のうちに失意のまま病死したと伝えられ、金沢城から南東の湿地・鶴間谷にあったその土牢跡も、いまは新設の道路工事に消えたが、犀星の若い頃は加賀騒動の話題はこれらの跡を通して、まだごく身近なものであったと推測される。

近代史学の進展により後に、加賀騒動は反大槻派のでっち上げ・冤罪と結論づけて、歴史上、大槻らの復権は果たされたが、無実の処刑によって人生をまっとうできなかった彼らの無念は、時代を超えてなお私たちの心をとらえ続けている。

犀星の「浅尾」は、そうした騒動のいきさつや真相に、正面から迫ろうというのではない。作中、浅尾以外に事件の関係者や武士はまったく登場せず、むしろ社会の最下層の、加賀藩では「藤内」と呼ばれた行刑雑役（罪人の護送・処刑者の始末など）の牢番・三五郎と牢内の浅尾とのやりとりを中心に話は進められている。


かつての「御殿女中」「大槻傳蔵の情婦」と噂された浅尾は、長い入牢でやつれてはいたが、牢番の三五郎はその「生れて初めて見る優艶さ」に惹かれ、浅尾も彼の好意を知ってそれを素直に受け入れていた。ある日、検分の役人が来て彼女の健康状態を調べて帰ったが、それは処刑の近いことを意味した。同じ頃、城下から数里離れた鶴来の山奥の、蝮谷と呼ばれる地域で蛇類を採り、町の薬種屋に届けるのを仕事としている仁右衛門のもとに、蛇百匹を城内へ届けるようにとの達しがあり、後日蛇を城へ届けた彼は、同郷の三五郎を詰所にたずね、雑談の中で蛇のことを話したのだった。

三五郎は気が気ではなかった。はたして翌日、浅尾は牢から出され、市中を鶴間が原の刑場へと引き立てられた。見物のどよめきの中、仁右衛門とともに大魚籠《びく》の傍に控えていた三五郎は体中のふるえがとまらなかった。いつの間にか、彼は大魚籠の蓋の蝶つがいに指をかけ、そして、ついにその蓋を外したのだった。

蛇はいっせいに這い出して四方に散って行き、仁右衛門も手の着けようがなく、呆然と眺めるばかりだった。三五郎は即座に縄を打たれ、仁右衛門も舵を取り逃がした咎で捕らえられた。

浅尾は自分が恐ろしい蛇責めの刑をのがれたことを知った。表向き蛇責めということにして浅尾は打ち首となり、七日後、三五郎も仁右衛門も同じ蓆で首を打たれたという。

刑場のハプニングというべきこの顛末は、もちろん事実ではなく、犀星の創作である。蛇を逃がしたことが死罪にあたるほどの大事かどうかはともかくとして、読む者にどこか、あっけらかんとした明るさと救いを印象づける。三五郎と仁右衛門の両人は犀星の造形であり、思うに、蛇を放って刑場を混乱させたという三五郎一世一代の行為は、身分を超えた片恋に、彼が精一杯挑んだ帰結にほかならなかった。また、仁右衛門の方も突然の事態に、役人から早く始末しろと怒鳴られても「薄笑ひをうかべながら動こうとしなかった」のだから肝がすわっている。

作者犀星にとっては、権力者の理不尽を嗤い、哀れな浅尾の死に道連れをつくって供養するための、恰好の手立てだったとしても、あえて不思議ではない。犀星の目は、加賀騒動をめぐって、渦中にあった藩重臣や上級武士よりも、むしろ社会の底辺に虐げられて生きた人々の素朴な心情に注がれているのである。
『加賀藩史料』第七篇には、加賀騒動の前後を含む時期の記録と史料がまとめられ、事件の約五年前に当たる寛保三（1743）年の項に次のような記述が見える。

「八月四日。前田重靖等大槻内蔵允の下邸に臨む。〔後年表〕八月四日嘉三郎君・斐姫君・健次郎君、犀川柳原大槻内蔵允が下屋敷に入せらる。此後度々故略之。」

ちなみに「嘉三郎君」とは後の九代藩主重靖《しげのぶ》の幼名であり、「健次郎君」は十代藩主重教《しげみち》の幼名である。つまり大槻の下屋敷に藩主の子女が遊びに出かけ、その後も度々訪れたと記されているのである。

同じ頃、「加賀八家」と称せられた重臣の一人で、大槻弾劾の中心人物とされる前田土佐守直躬《なおみ》が、藩主に提出した文書には「此者（大槻）元来素性にて、」「内蔵允方へ出入いたし候軽き町人等」などと記され、大槻の取り立てを慎重に、と進言している。「素性」や「軽き町人等」の語が大槻の出自を蔑み、藤内（被差別）身分の人々を警戒排除していることは見当がつく。そういう大槻下屋敷へ若君らが出かけることへの土佐守のいらだちと、上級武士の特権意識が見え隠れするようだ。やがて決定的な対立へ向かう両者の綻びが大きく口をあけているようで、不穏な印象を禁じ得ない。

この大槻下屋敷があった「犀川柳原」は、元和元（1615）年、藩主が犀川河原の区画整理を行った際、片町・河原町・大工町などと一緒につくった古藤内町（藤内の居住地）に由来し、その後「藤内たちは犀川川下の増泉村地内、伝馬町の下、のちに仁蔵川原の地に移った。ここには、藤内を統率する藤内頭の三右衛門と仁蔵の屋敷があった。」（田中喜男著『金沢町人の世界』より）という。ここに記される実在の「三右衛門と仁蔵」の名に、犀星の「浅尾」作中の三五郎と仁右衛門の名が酷似しているのは偶然ではなかろう。また、「犀川柳原」は犀星の養家からも近く、幼少年期の友らとすごした懐かしい遊び場所でもあったろう。

前記『金沢町人の世界』には、次のような出来事も紹介されている。

明治三十三年十二月、金沢市伝馬町で六十軒が全焼する火災が発生し、金沢警察署は柳原の仁蔵ら部落の家宅捜査を行ったという。部落の人々は「如何なる嫌疑ありてか。令状もなきに濫りに家宅を捜査するなどは何処迄も吾々を侮蔑したる処置なり」と抗議し、署長の陳謝でようやくことなきをえたという。

当時十一歳の犀星が、大人の会話などからこれらを聞き知ったとしても不思議ではない。約二十年後のユニークな「浅尾」は、そんな犀星だったからこそ、書き得たのだと思われる。

「遠《とほ》つ江《あふみ》」

――能「熊野《ゆや》」に託して描いた生母の心の内

室生犀星の小説のなかに、ある時期から「王朝もの」といわれる作品群が登場してくる。それは、あの二・二六事件などをきっかけに、世情がいよいよ緊迫していった昭和十年代頃の文壇事情とも決して無縁ではなかった。

犀星周辺の、かつて『驢馬《ろば》』に集った同人中野重治、窪川鶴次郎、西沢隆二ら左翼文学者への弾圧が、いちだんと厳しくなったその頃、師匠格の犀星自身も万一の逮捕留置に備えて、就寝時には枕元に洗面用具と身の回り品を置いて休んだという、笑えぬエピソードが伝わっている。一方で、昭和十三年十一月にとみ子夫人が突然脳溢血で倒れ、以後夫人を配慮しながらの創作活動に、いっそう慎重にならざるを得ない犀星でもあった。いわゆる左翼小説でなくとも、恋愛小説さえ自由に書くことの許されなかった窮屈な時代でもあった。そんな言論統制のなかで、比較的自由に人間のロマンを描ける場所として、犀星が思いついたのが、ほかならぬ「王朝もの」の世界だったといえよう。

犀星の場合、表面的には王朝文学に材を取りながらも、原典の精神世界をそのまま踏襲するのではなく、小谷恒氏が指摘されたように「古典とはまた別の心を古典にたくして語ったもので、簡単にすれば、これはあくまで詩人犀星の抒情の世界」でもあった。昭和十五年の「荻吹《おぎ》く歌」を第一作として、戦後昭和三十三年の「かげろふの日記遺文」まで、犀星の「王朝もの」は四十二篇におよび、現在『室生犀星全王朝物語』上下二巻に収められている。

小説「遠《とほ》つ江《あふみ》」は昭和十六（1941）年、雑誌『婦人之友』一月号に発表された。前年、犀星は梅若万三郎の能「熊野《ゆや》」を見ており、「遠《とほ》つ江《あふみ》」はそのときの名人の舞台を思い出しながら書かれたものと伝えられている。

能「熊野《ゆや》」は、『平家物語・巻十「海道下《かいどうくだり》」』の中の短い挿話を基につくられた現在物女能の名作である。今を時めく平宗盛の愛妾・熊野《ゆや》をシテに、彼女の上にあわただしく過ぎていった春の一日が、時間を追う形で描かれている。俗に「熊野《ゆや》、松風《まつかぜ》、米《こめ》の飯《めし》」と言い慣わされ、秋の名曲「松風」と並んで、食べ飽きぬ米飯の味わいにたとえられる春の人気曲である。

故郷・遠江にいる病母を案じて主・宗盛に暇を乞うが聞き入れられず、国元から侍女の朝顔が持ち来たった母の文にも宗盛は意向を変えず、かえって熊野《ゆや》は花見への同行を命じられるのだった。心晴れぬまま彼女は、宴席で舞いながら胸中を歌に詠む。

いかにせむ都の花も惜しけれど　馴れしあずまの花や散るらむ

熊野《ゆや》の悲嘆を前に、わがままな貴公子・宗盛もさすがに折れ、ようやく帰郷がゆるされるという展開であり、母の文を読み上げる「文之段《ふみのだん》」は、曲中屈指の聞かせどころともなっている。

—ただ然るべくはよきように申し、暫しの御暇を賜りて、今一度まみえおわしませ。さなきだに親子は一世の仲なるに、同じ世にだに添い給わずは、孝行にもはずれ給ふべし。ただ返す返すも命の内に今一度、見舞らせたくこそ候へとよ。老いぬればさらぬ、別れのありといえば、いよいよ見まくほしき君かなと、古言までも思ひ出の涙ながら書き留む。…

犀星の「遠つ江《とほあふみ》」はこの「文之段」にあやかってであろう、三通の手紙をもって構成され、地の文のない小品としてまとめられている。三通の手紙から浮かび上がる筋書きは、能の梗概に沿うものであるのは当然としても、女三人の、それぞれに相手を思いやる濃やかな雰囲気は独特で、犀星らしい脚色がほどこされているのが注目される。

一　母から熊野《ゆや》への手紙

仕への女朝顔、都に急ぎのぼることになりましたから、この手紙持参いたさせ申しますゆゑ、なにとぞお帰りのこと言上つつがなきやうお祈りいたします。母のいたつきのこまごまとしたことは朝顔にお聞きあるべく。朝顔は永いあいだ看護いたしくれ病のほど詳しく存じゐて、何一つ手落ちなく尽くしくれし者ゆゑさやう御承知くださるやう。（略）

去年の寒さに珍しく梢に残った雲州柑を枝ながら一枝持たせましたから、お前様のお目のとどくところにお活けになりますよう。枝の切口には水を含ませた真綿にてつつんでありますから都につくまで枯れるようなことは先づありますまい。（略）

ただ、道中のあいだこの一枝の無事に着くことを念願して、なにとぞ、なにとぞお前様のお眼にふれることを母はいのってお送りいたします。この一枝がお眼にふれなければ或は帰国のお許しがないかも知れませぬ。なにとぞ今生の思ひをかなえていただくやう、命あるあひだにお身にいま一度お會ひできるやう、（略）

お前様の御寵愛が深いために今までお許しがなかったことを考えますと、ただ恐れ多いやら嬉しいやらで萬感交々の母ではございますが、併し母親といふものの心は母親の身にならないと、どなたにも、子供にたいする気持ちが決して分るのではありませぬ。気持ちといひませうか、愛情といふのでせうか、そんな言葉や文章ではなく、先刻も書きましたやうに、自分で分けたからだを子供といふ形で、愛しくいつくしんでゐるやうに深いものであります。自分で分けたからだが生きて立派になつてゐるのを見て、誰が會ひたくないと思ふものがゐませうか。（略）

（傍線は筆者）

病床の母から、遠く都にいる娘・熊野《ゆや》へ「命あるあひだにお身にいま一度会いたい、そうすれば母はお身のなかへしづかに入ってゆき、永くいきてゐられるやうな気がする」と死を覚悟して願いを切々と訴えるこの便りのなかで、「おやっ」と思わせられるのは、後半の「血をわけたわが子に誰が会いたくない母がいるでしょうか」と心情を吐露するくだりである。

能「熊野《ゆや》」では、母としてそこまで踏み込んだ訴えは、むしろ主題からそれる虞れさえあろう。しかし、そこをあえて深く書き込んだことに、作者室生犀星の隠されたメッセージと真の意図がこめられているように思われてならない。

かつて、わが子犀星を生んだ母は、産褥の床から嬰児を手放したきり、生涯母と名乗ることも会うこともゆるされなかった。犀星が物心ついて以来、さまざまな曲折を経ながらも、ずっと変わらず求め、こだわり続けてきた「生母」への思いがここにも顔をのぞかせている。自分は母から見捨てられた子だろうかと悩み、追われるように姿を消したとはいえ、陰ながらも子に会いに来ない母を疑い恨んだこともあった若い日々。ひたすらに母を慕いながらも、それはどちらかといえば子としての立場からのみ生母を求めた、自己愛と表裏一体をなすものでもあったろう。

「遠つ江」には、いまは作家として大成し、自らも人の子の親となった犀星が、生母の心の内を思いやり、母になり代わって言葉を綴った余裕すら感じさせられる。

二　熊野《ゆや》から遠江の母への手紙

御病気のこと唯々神佛かけておなほりになるやう、朝ごとにおまゐりいたし居ります。きのふもけふも御前の御様子を見て熊野帰郷のことおねがひ申上げましたが、不相変、お許しがございません。御前は一度ならぬと仰せあつたからには、次のお言葉申上げることもかなはぬやうになるほど、お剛い方でございます。けれども母上にお目にかかれるまでは熊野いかほどのお叱りを受けませうとも、たとへ、ならぬとお仰せあつてもお許しになるまで、お願ひ申上げる決心にございます。宗盛様はお剛い方ではありますがわたくしが母上を思ひまゐらす心はもつともつと勁く、そしてそのためにお手打ちになつても帰郷の御願ひはお聞きとどけ遊ばすやうに致したいと思ひ居ります。（略）

母の手紙を受けての娘の返事であり、母の病気を案じ、近況と主の宗盛からまだ帰郷のゆるしのない憂いがのべられている。「お手打ちになつても」のくだりは犀星の創意である。

三　朝顔より母君への手紙

御老母様、只今、上より熊野さまの御帰郷のお暇がたまはりました。（略）熊野さまは明後早朝のお立ちでございまして、只今旅支度をお急ぎなさつて居られます。そのひまに此の手紙二日だけ先に持参させ委細お報らせすることにしました。きのふ突然、上よりのお仰せにより花見の宴のおん催しがありその折、上よりのお許しがあつたのでありますが、朝顔もお供の末に加はり、三春の都の花の美しさを見させていただきました。上の御機嫌はことに麗しく、その日の熊野さまの美しさは御車のうへからすぐ雲のやうな花の間に、紛れ込みはせぬかと思ふくらゐの御衣裳のお姿でございました。（略）熊野さまはこのやうに美しい春の日に、御歌でもものされたら如何でございませうと申され、物静かにお酌をなされました。上は、益々御機嫌好く、ではそちの舞を所望する一さし舞へよと仰せられ、熊野さまは鼓の音に合はして古い一曲をおもむろにお舞ひになりました。それは美しいといふよりもお心の悩みが衣裳の端々まで表はれてゐて、なよやかなお手やお顔の色を見ても、舞とは、べつなことをお考へになつてゐる御容子がうかがはれ、その為一層舞に盡きぬ美しさが霞のごとくかかつて見えました。（略）上はと見れば瞬きもなされずに熊野さまの手のあげおろしの一つにさへ、ぢつとおん眼をとめられてゐられます。（略）舞ひ終へられた熊野さまを近う近うと大聲に急ぎお呼びになり、けふの舞はそちの心にある憂があらはれてゐたぞ、けふのやうに美しくも澄んだ舞ははじめて見た。（略）宗盛けふこそはそちの願ひを許す。早く、遠江の邊土にまゐれ、そしてその母上に孝養をつくせよ、（略）早くまゐれ、遠江の春はいまが都にも盛りなやうに、爛漫たるものがあらうぞとお仰せられました。（略）永々と書きしたためましたが、これにて朝顔の心のほども達せられ、御いたつきもきつとお快くなるかに思はれます。明一日の旅支度をととのへれば、明後早朝には都を発つことになります。中十五日も経てばお目もじの上、御機嫌うるはしいお顔を拝することも出来ると思ひます。（略）

「只今、上より熊野さまのご帰郷のお暇がたまわりました」と興奮した喜びを伝え、そこに至った次第を詳しく報告し、全体の経緯を浮かび上がらせての円満な結びを印象づけている。

犀星はその後、私小説風随筆『蟲寺抄《むしでらしょう》』六章の「遠い野」（昭和17・6）に、主人公甚吉が夢の中で思い出す話として、能「熊野《ゆや》」の舞台を再現させた。

「ゆめといえばその夜、甚吉は観能のひと刻のゆめであるところの「熊野」を見ていた。」と書き出され、遠江の池田の宿あたりに鳴く蟲の音に思いを馳せ、宿場はずれの寺領に熊野とその母親と侍女朝顔の三基の墓碑がむつまじく並ぶさまを思い浮かべ、さらに、二十七歳でなくなったと伝えられる熊野は「十八九歳から宗盛に愛せられて下洛後三四年くらゐで亡くなったものに違ひなかった」と、その短い生涯をいつくしんでいる。

梅若万三郎の美しくも枯れ切った聲は、そのたえだえな聲のほころびのあひだに、いかに多くの草木をかすめる幽遠な風の音がこもつてゐることだろう。甚吉は梅若のうたごゑをきくと、自分のからだにその聲が乗りうつるときの快さを、しばらくでも永くとどめて置きたい願ひをもつてゐた。（略）この一時間半に亙る熊野は相當にたいくつなものであったが、甚吉は一度は自分の筆にのぼらせたものだけに、打ち込んで熊野の顔をきまりの悪い程見つめてゐた。（略）甚吉はいつも自分で書く物語の女に仄かにも愛情を感じてゐた。それは愛情といふほどのものでないかも知れない、或ひは愛情以上の高いものかも分からぬ、ともかく物語の女は美しい女でなければならぬし、佳い人でなければならぬ条件を持たされるのである。

と書いた。この時、梅若万三郎は七十三歳。明治三名人*の一人と称された観世流シテ方・梅若実の子で後年、能楽師として初めて文化勲章を受けている。犀星は同じ頃、万三郎の能「千手《せんじゅ》」も見ており「頃日　千手を見て感あり。梅若万三郎の芸の頭のよさを見ました」と三上秀吉に書き送っている。「千手」は、源平の戦に敗れ囚われの身として鎌倉へ送られる宗盛が、道中の宿場で出会った薄幸の遊女の名であり、落魄の貴人に優しく接する美しい女性である。熊野とならんで、いかにも犀星の心引かれる女性の典型であったろう。

犀星が「王朝もの」のなかで、能に取材して書いたと思われるのは「遠つ江」と「野上の宿」(『現代』昭和16・9)の二作品である。能「班女《はんじょ》」をもとに、宿場の遊女波那と、客として泊まった吉田ノ少将の出会いを描いた「野上の宿」。

いずれも、世の片隅で、ひたむきに愛を生きた女性に焦点を当てる犀星その人の創作主題は、ここでも一貫している。そこには、母への篤い孝心を持つ「熊野」はもとより、つねに生母のイメージと重なる運命の糸が、王朝の華やぎの陰にあえかな女の息づかいとして、彼を引きつけてやまなかったことと推測される。

＊明治三名人…明治期を代表する能シテ方として、宝生九郎(宝生流)、桜間伴馬(金春流)、梅若実(観世流)の三人が併称されることが多い。

「ふるさとは遠きにありて」

―日本人の心に響く永遠のフレーズ

明治末期から大正初期にかけて、我が国詩人たちの間に「抒情小曲」と称する短詩型の抒情詩が数多く生まれ、室生犀星の初期詩集『抒情小曲集』（感情詩社　大正7・9）は、その代表的な一つにあげられる。

『抒情小曲集』は三部から成り、「一部」と「二部」は旅の詩以外すべて故郷金沢で作られ、「三部」には、主に東京での作品が収められている。

「一部」巻頭に掲げられた「小景異情」は、「その一」から「その六」まで六篇連作の構成をもつ。豊かな情感で綴られたそれら詩編は広く人口に膾炙され、日本人の心に響く永遠のフレーズとなっている。とくに「その二」の一節は、たとえ作者の名を知らずとも、大方の人が一度ならず耳にし、口ずさんだことがあるのではないだろうか。

「小景異情」

その二

ふるさとは遠きにありて思ふもの
そして悲しくうたふもの
よしや
うらぶれて異土の乞食《かたゐ》となるとても
帰るところにあるまじや
ひとり都のゆふぐれに
ふるさとおもひ涙ぐむ
そのこころもて
遠きみやこにかへらばや
遠きみやこにかへらばや

詩であれ小説であれ、室生犀星の文学に向き合うとき、切り離せないのは数奇な生い立ちであろう。

犀星は明治二十二（1889）年八月一日、石川県金沢市に生まれた。妻を亡くした旧加賀藩士・小畠弥左衛門吉種と小間使いの女性の間に生まれたとされる赤子は、生後まもなく「貰い子」として他人の手に渡された。近くの真言宗寺院・雨宝院（金沢市千日町一番地）住職室生真乗の内妻・赤井初の子、赤井照道として出生届がなされ、〝馬方おハツ〟と呼ばれた伝法な養母の下で、他にも血のつながらぬ三人の貰い子たちとともに、愛情に飢えた幼少年期を過ごしたといわれる。

明治二十九年、数え八歳で真乗の養子となり室生に改姓。十歳のとき、実家の小畠吉種死去。同時に生母は行方不明となり、母と子はそれきり生涯会うことなく終わったと伝えられる。

明治三十二年三月、金沢市立野町尋常小学校（四年制）を卒業し、翌三十三年四月、金沢高等小学校（同年、長町高等小学校と改称）に入学したが、第三学年の同三十五年五月、中途退学。犀星は数え十四歳で、兄赤井真道の勤める金沢地方裁判所の給仕として社会人の第一歩を踏み出した。子供ながらになかなかの読書家であった彼は、勤務先近くの貸本屋では熱心な常連だった、と自伝作品の中で明かしている。

俳句から詩へ

古くから俳諧の盛んな旧城下町金沢の土地柄であり、職場上司の手ほどきで俳句を作ることを覚えた犀星にとって、それがほかならぬ文学風土への入り口となった。やがて詩作に目を転じ、市内に住む同世代の尾山篤二郎や表棹影、田辺孝次ら地元文学青年との回覧雑誌による切磋琢磨、さらに中央詩誌への投稿を通じて北原白秋や萩原朔太郎とも交流が生まれ、犀星の中に東都への夢と野望が次第にふくらんでいったのも自然であったろう。

明治四十二(1909)年九月、七年余りの裁判所勤めを辞した犀星は、能登、福井、京都を転々としたあと同四十三年五月、旧知を頼ってついに東京へと発っていった。懐中にわずかな金をしのばせてのこの無謀な行動が、詩人犀星の大きな分かれ道であったことは言うまでもない。

一途な上京願望はこの時期、志を抱く地方青年に共通の思いであったとしても、それを実行に移すのは生易しいことでなく、相当の覚悟を要したにちがいない。その点、犀星には当面故郷に気掛かりな問題も扶養すべき家族もなかったことが、彼を大胆にしたのかもしれない。しかし、頼る人のない都会で、初志を貫くことの困難の前に、たちまち窮乏し、以後八年の間、食い詰めては東京と金沢を往復すること十数回に及び、苦しい放浪生活が繰り返されたのだった。

「小景異情」は、そういう暮らしのなかでの大正二(1913)年、犀星二十五歳の作である。ひたすら文学への夢をかきたてられながらも、いまだ果たせず、どこにも生活の基盤を持たぬ身の不安と哀傷のにじみ出ているこの抒情詩は、今日、我々日本人の心に「遠くにあってこそ思うべきふるさと」という意味を、ほとんど普遍のものとして、犀星詩の神髄というにふさわしい。

ふるさとへの憎悪というかたちの執着

この詩の話題の一つとして、制作場所がどこであったのかが早くから取り沙汰されている。作中にうたわれている「みやこ」と「ふるさと」のいずれを制作の地にするかによって、詩のニュアンスが微妙に違ってくるからである。

まず作者自身は「この作は、私が都にゐて、ときをり窓のところに行つて街の騒音をききながら、『美しい懐しい故郷』を考へてうたつた詩である」(『新しい詩とその作り方』文武堂書店　1918)と回想している。これを受けて萩原朔太郎も「年少時代の作者が、都会に零落放浪して居た頃の作である」(「室生犀星の詩」雑誌『日本』1942)と記した。都会に出た人の望郷の念をストレートにうたいあげたとするもので、八行目以下「そのこころもて／遠きみやこにかへらばや」の解釈に若干の疑問が生ずるものの、ことば自体にさして矛盾はない。

こうして作者自らが都で詠んだと述べたこの説は、しかし後年、吉田精一の新説によって否定された。「これは東京の作ではなく、故郷金沢での作品と見る方が妥当だらう。東京にゐれば故郷はなつかしい。しかし、故郷に帰れば『帰るところにあるまじき』感情に苦しむ。東京にゐるとき『ふるさとおもひ涙ぐむ』その心をせめて抱いて、再び遠き東京に帰らう。と見る方が、詞句の上で無理が少ない。更に『小景異情』がすべて金沢をうたつてゐることも注意せねばならぬ」(『日本近代詩鑑賞・大正編』新潮社 1953）と述べ、都にいて故郷を遠望しているのではなく、身はまさに故郷にあって、自分を相容れぬ故郷の人々への〝憎悪というかたちの執着〟をうたっているのだ、と説いたのだった。

これと前後して、伊藤信吉もまた「これは東京から郷里へ帰っていて、ふたたび東京へむけて旅立つときの感傷だった。一見しただけでは、東京で作ったのか、郷里で作ったのか分りにくいようだけれども、しかしそれは郷里を離れようとするときの別れの心と、もはや再び帰らぬという決意を歌ったものである」（『現代詩の鑑賞（上）』新潮社 1952）と、ふるさとでの制作、しかも離郷直前の作だと指摘している。

その後、「（とてもじゃないが）ふるさと（なんてもの）は、遠くにあって（こそ）想いうるもので、そうでなければまっぴらだ……という以外に、ほんらい解釈のしようがない作品なのである」（「近代的自我と〈ふるさと〉」『国文学解釈と鑑賞』至文堂 1978・2）と、ふるさと制作地説をより具体的に犀星文学全体のモチーフと結び付けて強調した岡庭昇氏のとらえ方も注目された。

こうした諸説が生まれる背景は、犀星が自作の詩について書いた「覚書」や「解説」が、詩人の心理を反映してか、しばしば潤色や粉飾がなされ、年譜的事実との相違が指摘されることにもよっていよう。今日、ふるさとでの制作とする説の有力は動かないが、「ふるさと」と「みやこ」の、作者の真の意図は果たしていずれに存したのだろうか。

「寂しき春」――孤独な心象の投影

「寂しき春」
したたり止《や》まぬ日のひかり
うつうつまはる水ぐるま
あをぞらに
越後の山も見ゆるぞ
さびしいぞ
一日《いちにち》もの言はず
野にいでてあゆめば
菜種《なたね》のはなは波をつくりて
いまははや
しんにさびしいぞ

「寂しき春」は、前掲の「小景異情」と同じく、『抒情小曲集』の一部に収められている。大正三（1914）年四月、歌誌『アララギ』に「一九一四・三月利根川の川辺にて」という副題をつけて発表された五篇のうちの一つである。

のどかな春の光をうけて、ゆっくりまわる水車。遠くには青空の下、越後の山がくっきりと浮かんで見える。いまは語らう友もなく、野に出てさまようわが姿。それにしても、「さびしいぞ」と結んだ一句の、何と読む者の心に深く沁みてくることだろう。北原白秋の一行詩（1913・9作）に「滴るものは日のしずく、静かにとまる眼の涙」（『真珠抄』）があり、この白秋詩とのかかわりも見逃せない。

大正三（1914）年二月、犀星は前年から文通を始めた萩原朔太郎を初めて前橋に訪ね、利根川べりの旅館、一明館に一か月近くを滞在した。「寂しき春」はその折の心事を映した犀星代表詩の一つである。その時、犀星と朔太郎は互いに想像していたのとは大きく違う相手の姿に驚かされたという。朔太郎はのちに初対面の犀星の印象をこう記している。

あらゆる点に於て、君は僕の想像に反対だった。容貌から言へば、君は猪のやうにゴツゴツしてゐたし、おまけに乱暴書生の如く肩を怒らし、ステッキを突いて高下駄を引きづり歩いた。（略）今、僕の前に対坐してゐる、この如何にも田舎文士然たる粗野の人物が、果してあの青白い貝のやうな詩を作つた、高貴な優しい室生犀星であるだらうか？　僕の心の底には、いくたびか一の解きがたい疑問が浮かんだ。「この男はニセ物ぢやないか。」

（「室生犀星に与ふ」雑誌『新潮』1928・1）

一方、犀星の方も負けていない。

前橋の停留場に迎えに来た萩原はトルコ帽をかむり、半コートを着用に及び愛煙のタバコを口に咥えてゐた。第一印象は何て気障《きざ》な虫酸《むしず》の走る男だらうと私は身ブルイを感じた。（略）結局、萩原から汽車賃を出させ下宿料も払わずに帰京したのである。萩原は後にどうも変な奴だと思ったが、まんまと一杯食はされたとゐひ、私ははじめから一杯食はすつもりで出掛けたのだと言つて笑つた。

（『我が愛する詩人の傳記』「萩原朔太郎」中央公論社　１９５８）

二人の性格は、およそ対照的であったが、以後親交は生涯を通じて変わらず、ともに日本近代詩史に揺るがぬ位置を築いたのは、周知の通りである。

生涯なつかしんだ海浜の町　尼寺の下宿生活

「かもめ」

かもめかもめ
去りゆくかもめ
かくもさみしく口ずさみ
渚はてなくつたひゆく
かもめかもめ
入日のかたにぬれそぼち
ぴよろとなくはかもめどり

あはれみやこをのがれきて
海のなぎさをつたひゆく

この詩はやはり『抒情小曲集』の一部にあり、明治四十二（1909）年、犀星が裁判所在職最後の約九か月を過ごした海浜の町（金沢市郊外）金石《かないわ》登記所時代の詩想が投影されている。実際の制作は、この詩が発表された地元紙（『北國新聞』大正元・10・11―笠森勇氏調査による）から、大正元（1912）年秋と推定される。原題は「都より帰りて」であった。

この詩の「みやこ」は必ずしも東京を指すとは限らず、当時、金石《かないわ》から見た金沢の町もまた「みやこ」

と映ったかもしれない。どこにも安住できない自分の姿を、かもめに重ねて女（母）性をイメージする「海のなぎさ」をどこまでも追ってゆく詩人の寂しい内面が、ここでも読者の胸を打たずにおかない。

犀星は金石登記所時代、九か月間に数回下宿を変わったが、中で最も長かったのが海月寺（江戸時代の豪商で不運の死を遂げた銭屋五兵衛と三男要三の菩提を弔って鉄悟尼が開いた。宗源寺とも釈迦堂とも称される。尼僧の寺）。「尼寺に若い男はどうも……」といったん断られたが、寺である実家を強調したのか、持ち前の憎めぬ明るさで「押しかけ下宿人」となった犀星は、二階八畳二た間に落ち着き、初めてのびのびした下宿暮らしを味わったことだろう。大正十二年十一月、同寺を訪れた犀星は鉄悟尼の死をいたみ、「寒菊を束ねる人もない冬の日」と詠み、現在句碑が建つ。小説「海の僧院」（大正９）は同寺を舞台に書かれた。その海月寺はいまも犀星の使った部屋をそのままに、窓からは遠く立山連峰や白山の雄姿を望むことができる。

犀星が育った雨宝院（金沢市千日町1-3）

「かもめ」室生犀星詩、弘田龍太郎作曲（『日本の名歌』野ばら社　1984年刊より）

「蝉」――犀星若き日の自己投影

「蝉　頃」

いづことしなく
しいいとせみの啼きけり
はや蝉頃となりしか
せみの子をとらへむとして
熱き夏の砂地をふみし子は
けふ　いづこにありや
なつのあはれに

いのちみぢかく
みやこの街の遠くより
空と屋根とのあなたより
しいいとせみのなきけり

『抒情小曲集』第三部に収められているこの詩は大正二年九月、『スバル』に発表された。明治四十三年五月、旧知を頼っての初上京以来、下宿を転々として心細く、食いつめては東京と金沢を往復すること数度。放浪時代の犀星が東京裏町の狭い下宿で聴いた蝉の声に、幼い頃の回想を重ねてうたったものだろうか。

「せみの子をとらへむとして　熱き夏の砂地をふみし子」とは、昔の遊び仲間、そして遠い日の自分自身の姿でもあろうか。そしていま、「みやこの街の遠くより　空と屋根とのあなたより　しいいと」ないているのは、もちろん蝉の声に違いないが、その蝉こそ自分の姿だと叫んでいる犀星の肉声を聴くようだ。孤独な都会暮らしの侘しさがしのばれ、一読して忘れられない情景が胸にせまってくる。

同じ小曲集の「小景異情」その一「白魚はさびしからずや」にも通じて、染み透るような抒情性と切実な生活感情に根差すこの詩は、早くから人の世の孤独と貧しさと、愛情の飢えに苦悩した犀星自身の投影であり、蝉になぞらえて自己を語っているのにほかならない。哀調を帯びて「しいいと」なくせみは、第二行の「啼きけり」が、最終行では「なきけり」と仮名書きになっていることにも注目したい。後者に「泣く」あるいは「哭く」をあてはめると、より深く心に響いてくるのは、決して偶然ではないだろう。

「文学者のうち動植物の奥の奥までわかっているものはすくなく、わかっていても一匹の虫をぴんからきりまで書きわけるものはいないというのは、犀星の自負である。」（吉本隆明「室生犀星」）という指摘も、「弄獅子《らぬさい》」作中に、富豪とか良家の子弟は自然をかなしい心で見つめる必要はないが、貧家の子供でたえず呵められ悲観しているものは、いつのまにか自然のなかに入り込んでいるものだという、犀星自身が述べた感慨を重ねてみてはじめて深く、読む者の心に落ちるというものであろう。

犀星はのちに随筆「草の上にて」（大正6〜10）のなかに、この「蝉頃」を引用し、俳句から出発して詩を書くようになった経緯を述べ、自分の心持をあらわすのに「人事よりも植物や天文がよみやすく、天文よりも動物が詠みやすかった」と述懐している。また、同じ頃の随筆「灰色の蝉」でも、自分を含め都会生活に疲れた若者たちの活気のない在り様を、犀星は蝉に託して回想している。

その時の心持は世に出やうとして勇ましい心ではない。若くして生活のあらゆるものを知りつくした錆だらけな心でゐたのである。（略）私がそこで夏の初めの灰色をした小ちやい蝉の啼くのをきき、その灰色の蝉がいかに人間の幼時を考へさせるものであるかといふことを考へたりしてゐた。

と。さらに時を経て昭和五年頃の随筆に「蝉を考へる」がある。

「僕は蝉の顔の素朴さが好きである。蝉の顔は間抜けてゐて非常に悲しげだ。」として「蝉はお腹が減り、歩きたくなり、立たなければならなかった。(略)蝉にはお母さんがあるのか、姉や妹があるのか、それとも兄弟があるのか知らなかった。只、親父がゐることだけをうろ覚えにおぼへてゐた。親父は田舎にゐた。(略)倖は考へた。おれの親父は何を楽しみにくらしてゐるのだらう、そして一體あと何年をあの穴のなかにくすぶつてゐるのだらう。」まるで苦闘時代の犀星の家庭環境がそのまま浮かび上がってくるようだ。

「僕は蝉のはらわたを覗いて見て、何もはらわたらしいもののないことを可哀想に思ふたことがあつた。まるでお腹のなかは乾いて空つぽだつた。今でも腹の減つた蝉のことを考へると悲しくなる。」と結んだ犀星の心に去来したものは何だったろうか。

やがてまた時を経て、戦時色濃い昭和十五年刊行の詩集『美しからざれば哀しからんに』のなかに、その題も「蝉」と名づけた一編を見つけた。

蝉

此処は奉天のみやこなり。
此処こそは奉天といへるなり。
洋馬車はだんだらの幌をかけ
幌の上に蝉のとまりて
じいいと鳴きけり。
形小さき満洲の蝉はも
じいいとは鳴きけり
われは満洲の蝉を頬にあて
蝉となにごとをか囁き交はさんとす。
蝉の言葉を聞かんとはせるなり。

ここには蝉への親愛をうたって、かつて蝉に自己を托して傷みを訴えた、あの哀しい昂ぶりはすでに影をひそめている。旅先で出会った蝉に淡いノスタルジィを誘われたふうに、異国の蝉と交信を試みる詩人の余裕の姿が、ゆったりととらえられる。「蝉よ、私と君とは友達だよ」と。

不遇だった青年期から、やがて少しずつ世に認められ安堵のなかで振り返った灰色の日々。そしていつか小さな生き物にも郷愁を覚える人生の夕映え。「蝉」の語が犀星折々の心情を汲みつつ、生涯の長いお付き合いだったことを、あらためて気づかせられる。

室生犀星と「女ひと」

「女ひと」の語は、昭和三十年、犀星が雑誌『新潮』に連載する随筆の表題としてえらばれた。それは、女性を表す言葉であると同時に、書中で庭の樹々や陶器の瓶、時には蛇までも、犀星によって「彼女」という女性人称で呼ばれる事物を含め、どこか「女のあはれ」と深く結び合う犀星文学の主要言語の一つとなっている。

戦後の長い沈滞期を経て半ば世に忘れられていたような六十代後半の犀星にとって、『随筆　女ひと』（新潮社刊　昭和31・10）は、まさに彼が息を吹き返し、その後の『杏つ子』『かげろふの日記遺文』『蜜のあはれ』など旺盛な執筆活動のきっかけとなった。同書は増刷に増刷を重ねて六万部を発行し、犀星自身が述べたように、作者のそれまでに出した著書のなかで最も人気を得たものであるという。

小林古径装丁の、白地表紙につゆ草が描かれた、小振りな詩集本の体裁を持つこの本は、冒頭の「えもいはれざる人」から最終の「くちなはの記」まで、十五章に分かれたその一つ一つが、いかにも気取らぬ犀星の生の女性観、人生観という印象である。

それにしても、犀星の造語と伝えられるこの「女ひと」という語の、何とやさしく、まろやかな響きであろう。そこには「女は、かくあってほしい」という犀星その人の切ないまでの異性への想いが込められているようだ。

犀星は、晩年の名作『かげろふの日記遺文』（講談社刊　昭和34）の「あとがき」にこう記している。

私はすべて淪落の人を人生から贔屓《ひいき》にし、そして私はたくさんの名もない女から、若い頃のすくひを貰つた。学問や慧智のある女は一人として私の味方でも友達でもなかつた。碌に文字を書けないやうな智恵のない眼の女、何處でどう死に果てたか判らないやうな馬鹿みたいな女、（略）私を教へた者はこれらの人々の無飾の純粋であり、私の今日の仕事のたすけとなつた人々もこれらの人達の呼吸のあたたかさであつた。

たくさんの名もない女、無学の女、社会の片隅に人知れず消えていった「馬鹿みたいな」女たちこそ、犀星は自分のいとしい分身だったと述懐し、そんな彼女たちの上に、学問や慧智とは無関係な、生の女の美しさ、「女ひと」の魅力を見出したという。

かつて「人生に索めるものはただ一つ、汝また復讐せよ」と己れに命じた若き日の犀星にとって、おそらく何にもまして、求めても叶わなかった生母のイメージと深く重なるように「女のあはれ」が、つねに彼を突き動かしてやまなかったであろう。

無名、無学、そして消息知れず……。先にあげた女の条件のことごとくが彼の生母にあてはまるのは、もちろん偶然ではない。そして一方、男である彼は、貧しい中から有名・碩学への羨望を自らの人生に、きわめて実践的に貫いた人でもあった。

若き日のあやまちを
きみもまたなしたまひしか
過《あやま》ちは遂《つひ》にあやまちにはあらず
母びとよ
われ生きてもの書くすべを覚えければ
いましが過ちをたづね参らすべし
いましが悲しみをつづり参らすべし

（「過失」・詩集『いにしへ』所収）

不幸な、少なくとも自分の生んだ子と生涯会えぬ不幸を負った母への想いと、その母に代わって子の自分がなそうとしている「復讐」の誇らしげな宣言。すべて文学とは、ある意味でそれに身を捧げた人々の、社会に対する復讐であるという。犀星文学は、その意味では初めからまことに明確な動機と目的を持った文学だったと言えよう。

「女ひと」からの連想・母びと

この詩の四行目に「母びと」という語が見える。漢字と平仮名を組み合わせることで、どこか丸みのある雰囲気を醸しているのは、「女ひと」の語と、何とよく似ていることであろう。犀星独自の繊細な言語感覚が生み出した「女ひと」の語は、おそらく昭和十八年の詩集『いにしへ』にあるこの「母びと」から連想し引き出されたと言えば、うがち過ぎだろうか。

室生家では、人間のほかに飼い猫も金魚も、みんな「あのひと」であった由。これら「ひと」の二文字に、苦労人犀星の眼のあたたかさ、生きとし生けるものへの慈しみと尽きぬ美意識が一つになっているのが、しみじみと実感される。

後年、「生きてある限り、美しいもの―女ひと―から目を離さないことこそ、生への礼儀である」と意を述べた犀星の、男としての自信と矜持は、むかし善くも悪くも「女のあはれ」を地で行った多くの淪落の人々への、尽きぬ哀傷と鎮魂の思いに通う、彼の信念に近いものであったろう。

女にあまいのは男の名誉

時経て、いつしか犀星の周りには、男性作家はもとより、名門の、学問も慧智も豊かに備わった美しい女流作家、詩人、編集者たちが華やかに取り囲んでいた。

室生さんは女ひとを愛することを公言し、同時に多くの女ひとから愛された。老人にしてあれだけ愛されるといふのはただ者ではない。

（福永武彦「室生さんの顔」『室生犀星全集』月報7）

女人の美についての先生の好みは、作品に鮮やかに示されているが、すべての女ひとに、どこかしらましなところを探し出し、いつぱしの魅力をそなえた女に思わせて下さるような心遣いであつたから、先生を訪ねる女客は、それぞれの思いで自足していたのであろうと思う。

（松本道子「思い出抄」『室生犀星全集』月報10）

室生家はいつも、そんな女客で花園のような賑わいを呈していたという。男の年輪を刻んだ風貌で、ゆったりと彼女たちを迎えたであろう犀星のひそかな心映えがしのばれる。ちなみに「私の妻は私が書斎でどれだけ沢山の婦人の客が混み合っても、わたくしも仲間に入れて貰いましょうと言って、座布団の上に坐って縁側を書斎まで舟のように曳かせて来る程、妻はそれを気にしない人だったのだ。」(「あととさき」)と犀星が伝える、とみ子夫人の気さくな人柄も大いにその場をささえていたことと思われる。とみ子夫人に「わびすけや　おくりむかへる女客」(『四季　花ごよみ(冬)』(講談社刊・昭和63)の佳句がある。

水中の金魚と、飼い主である老作家のふしぎな会話を綴った晩年の小説『蜜のあはれ』(新潮社刊・昭和34)で、犀星は作中の金魚にこう言わせている。

「をじさまは、底なしに女にあまいわね。」と。

若い女性たちから「をじさま」と慕われ、「女にあまいをじさま」をもって任ずる老作家の日常は、作者室生犀星の姿と二重映しになって、我々にいのちの燃焼を鮮やかに印象づける。美しい彼女らにむかって「女にあまいのは、男の名誉だよ。」と、澄ましている犀星の幸せそうな温顔が目に浮かぶようだ。

円地文子、森茉莉、佐多稲子、林芙美子、野上弥生子、幸田文ら女流作家十九人に取材した異色の評伝集『黄金の針』(中央公論社)は死の前年、昭和三十六年に出版されたが、そこにも温かい筆致で「婦人の身で文学に身を立てる」彼女らを黄金の縫い針にたとえて賞賛した、男としての素直な感懐が述べられている。

私はつねづね六十歳を過ぎたら、女のことなぞ気になるまいと思つてゐた。そしてその年齢にとどいてみると女といふ女のひとは、れうらんとふたたび開花の状態を見せて来た。（略）むやみに女のひとが美しく外の物が眼にはいらない程、女のひとが先に見えてくるのである。私はそこですぐ私自身の死がちかづいてゐることを、そこに食附けて考へようとした、それは仲々私にしては聡明らしい考へであつて、こんな美しい世界と私自身の死の交換がそろそろはじまりかけたのだと思った。

（「えもいはれざる人」『随筆　女ひと』）

人間生きてある限り、異性とのかかわりが必要、いや全てであるというのが、ほかならぬ犀星の主張であり哲学である。人は老いたら女のことなど、どうでもよいというのは嘘で、大方の人は徳あいは世間体のために、この本当の気持ちを匿したまま、お行儀よく死んでゆくが、自分ならとても我慢できない。自分は死ぬまで女のことを考えて、ぎりぎりまで正直に自分の気持ちを露わして生涯を終わりたい、という率直明快な犀星の女性観によって一貫している。

「女ひと」とは、おそらく犀星のなかで人生とも、女のあはれとも、人のあはれ、いのちの慈しみ、人恋しさとも等しく同義でそれら広い意味を包み込んで、必然的に生まれてきた言葉であったろう。

さらにまた、犀星は実感をこめて次のように述べている。

「何人も情人をもつことはつひに一人の情人をもつことに及ばない」「われわれの終生たづね廻つて

ゐるただ一人のために、人間はいかに多くの詩と小説をむだ書きにしたことだらう」「それは食ふためばかりではない、何とか自分にも他人にもすくひになるやうな一人がほしかつたのである」「人間は死ぬまで愛情に飢ゑてゐる動物ではなかつたか」

犀星が生涯に求めた、ただ一人の女ひととの出会いは、はたして叶ったのだろうか。『随筆　續女ひと』に収められた「女ごのための最後の詩集」は、犀星の最後のメッセージとしてまことに暗示的である。

どれだけあなたがたのことを
あなたがたのためにうたつたことだらう、
阿呆のごとく
ごぜのざれ歌のごとく、
だがあなた方のことはうたひつくせない、
凡才のおよぶところではない、
生涯をこめてうたつてみたが、
ちがつた顔とすがたの、
おんがくが接吻られないごとく

あなたがたはつひに捉へることが出来なかった、
たうていうたひ盡せるものではない、
さよなら、をんなのひとよ、
私のおわかれのうたを
さまざまな形でここにおくる。

（「とらへられざるままに」）

昭和三十七年三月二十六日。犀星危篤の報をうけて病院へ駆けつけた中村真一郎を、朝子氏が取り次いだとき、「男なんかには会っても、仕様がない。」と答えたという犀星の、死を前にしてのこの言の何と明快で、茶目っ気なことであろう。女を愛し、あかず女を描いた室生犀星その人の最期の言葉として、いかにもふさわしく、面目躍如の感に堪えない。

柔らかな「女ひと」の語感に、犀星の生涯をさまざまに彩った人模様をなつかしく振り返りつつ、ふと、この「女ひと」の語こそ、彼がたった一つ、ついに叶えられることなく終わったある願いを象徴する、はかなくも熱いメッセージのように思われてならない。

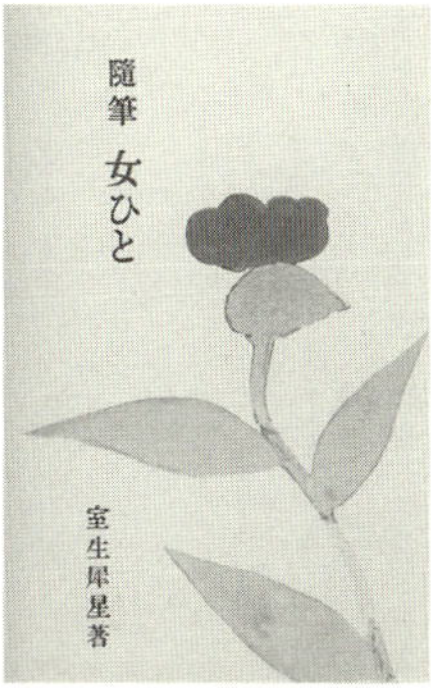

『随筆　女ひと』
（新潮社刊　昭和30年10月）
表紙絵のつゆくさは小林古径画

『新潮』
（昭和30年１月・新年特大号）

長男豹太郎を抱くとみ子夫人（大正11年）

室生犀星と中野重治

――犀星を「文学上および人生観上の教師」と仰いだ重治

関東大震災がもたらした偶然の出会い

大正十二（1923）年の秋、室生犀星は関東大震災のあと帰省していた金沢で、一人の四高生の訪問を受けた。

四高生の名は中野重治。金沢第四高等学校同期入学の友人・高柳真三の紹介[1]だったという。中野はすでに四高北辰会発行の『北辰会雑誌』に詩や短い小説を発表していたが、二度の落第のため、正規なら前年春に卒業すべき高等学校に、二十一歳でまだ在学中であった。

いまや詩人と小説家の二足のわらじをはき、流行作家として家庭的にも落着いた三十四歳の室生犀星にとって、自分の詩名を慕ってあらわれたこの青年が、どんなに好もしく誇らしく映ったことであろう。

「人目に立つような肘の破れた垢で光った[2]」弊衣破帽の、お決まりの四高生風俗であらわれた「中野君」に、当時まだめずらしかったチョコレートの飲物を出して歓迎したという犀星の心の弾みがしのばれる。かつて、周囲の人々の冷視に耐え、「帰るところにあるまじや」とまで嘆じたふるさとで、しかも少年時代あきぬ羨望をもって眺めた四高生の来訪である。おそらく犀星の胸中には、一種言い得ぬ、さまざまな感慨が去来したことであろう。これより先（同年五月）、東京は田端の家に一高生・堀辰雄を迎えたそのときとはまたべつの思いが、犀星の中に熱くよぎったことと思われる。

「落第のおかげで、私は室生犀星を直接に知ることになつた。これはよかつたと思っている[3]」と中野はのちに回想しているが、その頃、青年期の盛んな文学的濫読のなかで、ふと「何かのときに室生犀星の詩を知つたことが、まず、わたしにとつては決定的な詩への機縁になつた[4]」という彼にとって、金沢での犀星との出会いは、偶然がもたらした二重の好運だったといえよう。

中野が四高入学後まもなく、金沢の古書店で初めて犀星の処女出版『愛の詩集』（感情社刊　大正7）を手に取ったとき、犀星詩風への傾倒は勿論大きかったにちがいないが、それとはべつに、彼がこう述懐していることに注目したい。

この一巻をつくるのに賢の骨頂か愚の骨頂かけじめのつかぬような懸命さでつくつているのに私は捕えられてしまつた。本の表紙の色も、扉の絵も、……そこにダンテのようなもの、ブレークのようなものがごちや混ぜになつて感じられた。

（略）それは、自分の書きもののうち詩だけを集めて一冊をつくつたという本ではなくて、自分の持ちもの全部をぶちこんでつくつた一冊の本といつたものだつた。（略）犀星の精神的持ちもの、白秋の「愛の詩集のはじめに」、「自序」、朔太郎の「愛の詩集の終わりに」、恩地孝四郎、清水太郎の絵と木版、聖書の言葉と歌、小さいながら全力的な評論と見られる「エレナと曰へる少女ネルリのこと」などの全部、犀星の物質的持ちもの、父の死から得られた遺産の全部、三つの全部を全部一つにして世に出されたものでもあつた。(5)

つまり、それは出版に施された精いっぱいの額縁と考えられぬこともない。が、一歩間違えば詩集そのものの価値を損ないかねない、余分な個人的事情をぶちまけた風にも受けとめられるものであろう。ふつう一般の読者があまり注意を払わないそんなところに、中野重治という人は、いたく心を動かされたというのである。

犀星がのちに、「君は何か面白いやうな人ではなかろうか。飛んでもないものに感心する普通世の中に通用しないことを面白がる点も、僕からいへば僕に近いものを感じるのだ(6)」と述べた中野への親灸も、一面こんなところに由来するものらしく思われる。

いうまでもなく、がむしゃらな「懸命さ」や、「自分の持ちもの全部をぶちこんでつくった一冊の本」というエピソードが、必ずしもすべての人々に共感されるとは限らない。たとえ内実はその通りであっても、明からさまに楽屋裏を見せないのをよしとする考えも、この世には存在する。犀星の持つ素朴さ、懸命さ、理屈抜きの実感主義、ある意味の野暮ったさは、同じ北陸の、農村に生まれ育った中野重治の中にも濃く流れているものだったにちがいない。ただ、中野重治の場合、自分の事業に向けて、犀星ほどにはストレートに行動が伴わないであろう、という印象が私には強い。素朴を愛し目指す一方で、強い羞恥心とロマンチシズムの持主であった彼には、作品と実生活の両面で、あの犀星流の率直さを見出すのは難しい。

しかし、換言すれば、そんな中野だったからこそ、人の気付かぬ、詩集の裏側にある犀星の人間性に強く惹かれていったともいえる。犀星との邂逅を、その後の自分に生かし得たのだと思われる。生涯、室生犀星を「文学上および人生観上の教師」[7]とした中野重治であってみれば、犀星にとっても、「金沢で出会った四高生」という最初の認識に年々加わっていく中野への信頼は、男同士の友情を支えて最後まで変わることがなかった。

「詩友の事」に描かれた四高生

犀星に「誌友の事」という、四高生中野重治との出会いを描いた、大正十三年六月発表の好短編があり、松下裕氏の評論「中野重治研究について[8]」のなかに、この作品に触れて次のような記述が見える。

「誌友の事」は随筆としてではあるが、中野重治について書かれたおそらく最も古いものであろう。また中野重治の長い歩みの出発点と到達点とにおいて、その作品をとりあげて推奨している犀星の姿は、中野が、自分たちを「しだいに〈文壇に出す〉ことについてした室生犀星の心づかい」(「教師としての室生犀星」)と書いたかれらのあいだの特殊なきずなをうかがわせるものである。

『随筆』(大正13・1)誌上に発表されたこの「誌友の事」は、随筆とも小説とも定めがたいが、中野重治から一字をとった主人公・小島重二という名の四高生の青春と、犀星若き日の友人で夭折した表棹影の思い出を重ねて、いくぶん美化されているものの、犀星金沢滞在中の暮らしの一端がしのばれる趣深い一編である。作中、寡黙でどこかぶっきら棒でいながら妙に人を惹きつける小島重二の姿は、中野の小説「歌のわかれ」の主人公片口安吉を彷彿させずにおかない。その彼が「七十五まで生き延びて一篇の抒情詩をかく願いをもつていた」とは、中野重治若かりし日の含羞であろうか。

一方、表棹影とその姉の、哀れにして寂しい追想も物語に溶け込んで、「時代が変化つてゐるが、人の心に何のかはりがあろう」という作者室生犀星の心根が痛いほどにつたわってくる、私の好きな場面の一つである。

この「誌友の事」に関して、「犀星の筆は、うす汚れた外見のうしろにやわらかな、やさしい心をもった独特の魅力ある一人の青年詩人の姿を的確に描き出している。そしてまた、この青年の心の中に一人の女性の影が揺曳していることをあやまたず捉えさえもしている(9)」との丸山珪一氏の指摘は、さらにこの女性こそ、「歌のわかれ」の中で安吉の実らず終わった恋の、頼子のモデルだったとされる。

「歌のわかれ」は昭和十四（1939）年に、中野の執筆禁止の処置がようやくゆるんだ時期、雑誌『革新』に連載された。大正十三年の「誌友の事」はそれよりはるか十五年も前に、早くも「頼子」の存在を察知していたということになる。犀星の確かな洞察力は、いみじくも〈誌友〉と呼んだ四高生・小島重二の、恋というにはまだあまりに淡い心の揺れを、中野の詩「わかれ」に託して作品の美しい彩りとした。

「犀星における洞察力は必ずしも聡明に結びつくものではない。頭から来るよりもやはりそれは生活から来るといつていい(10)。」と中野が述べた、その犀星のコワイ眼力の前に、やがて彼は幾度もひそかに脱帽敬服しなければならなかった。

大正十三年春、中野は東京帝大文学部独文科に進み、犀星もまた同十四年初め金沢から東京田端の住居に移った。やがて、犀星に親しんでいた若い詩人たちを中心に同人誌『驢馬』が創刊され（大正15・5）、堀辰雄、窪川鶴次郎、宮木喜久雄、西沢隆二、平木二六らとともに中野重治も同人に加わり、同人ではなかったが若き日の佐多稲子も、その周辺の人となった。犀星は、いわば顧問格として編集上のことには口を出さず、その後第十二号（昭和3・5）まで続いたこの同人誌を、主に経費面で支えたことはよく知られている。

犀星と『驢馬』同人たちは、師弟というより、むしろ気のおけない文学仲間としての、ごくザックバランな関係だったらしく、「エロチックな話なども出たがすべて男性的だった。あけすけな言葉をつかうが、いわゆる猥談というものにならなかった」[11]というその日常は、中野の自伝小説「むらぎも」「街あるき」の中にも生き生きと再現された。

作中、一分間春画を見ていて安吉の身体に変化が起こるかどうかを試験するという、その場のリラックスした雰囲気も、世代を越えた男同士の友情を背景にこそ成立するものであったろう。そこでは犀星をモデルとする師匠格・藤堂の、何げない言葉の裏に〈人間として自然であれ〉という言外の教えが、進路に迷う安吉の心に大きな指針となった。観念よりも実生活を通して身についた犀星の、他ならぬ洞察力が発揮されたのだった。

高邁な主義や論理よりも、あるがままの「事実」を重んずる中野重治の信条は、そのまま生涯、彼の作品に一貫する主題でもあった。

「女ひと」作者の率直さ

『驢馬』はやがて、堀辰雄以外主要同人のことごとくが社会主義運動に身を投じ、そのうちの幾人かは「恐ろしい歳月を獄中でむだにし」[12]、中野重治もまた昭和七年から九年まで、丸二年間を豊多摩刑務所に収監されるという経験をもった。

彼らの中心にあった犀星自身は、社会の現状に不満を持ち、人間の解放を望んでいたとはいえ、社会主義思想を持っていたとは考えにくく、もともと理論を苦手とする彼は、思想とはべつのところで中野ら『驢馬』の同人たちと親しく交わった。それだからこそ「あけすけな言葉」で気取らぬ彼らの「師匠株」たり得たのかもしれない。

とはいっても、犀星は時節柄、つねに有事に備えていた。

当時の厳しい弾圧の手が私の身辺にも及ぶだろうということに、なんとなく注意力が集中するに至っていた。滑稽な事には私は朝剃る顔剃りを夕方に剃り、朝の寝込みに引張ってゆかれても顔だけはよごれていないようにしていたかつたし、何となく手拭歯ブラシの包も、湯殿ですぐ手につかめるような位置に置いていた。[13]

と、その覚悟のほどを彼らしく、日常の事柄に結びつけて書き残している。

中野が豊多摩刑務所から出て、犀星の家を訪ねたとき、とみ子夫人が「あんな恐ろしいことはもうお止しなさいましよ……」と言うと犀星は、いきなり「要らぬこと、いうな……」[14]と言って彼女を制したという。人間として精いっぱいやっている事柄に対して「人が脇からかれこれいうべきでない」という犀星の気持も、また、夫人の言葉も中野は「ありがたくというよりもかたじけなく」受け止めたという。

そこには、例によって、短い言葉に込められた犀星のふところの大きさが感じられると同時に、政治に身を投じた中野と、「自ら進んで文学の枠からはみ出るようなことは決してしなかった」[15]犀星との立場の微妙な相違が浮びあがってくるようだ。

金沢で二人が初めて出会ってからすでに十一年の歳月が流れ、犀星四十五歳、中野三十二歳の、ともに今は文筆で身を立てる男二人の静かに向きあう姿を思い浮かべるとき、近づく戦争の不安をひそめつつ、あの『驢馬』の時代に代わる両者の新たな信頼のかたちに思いを致さずにはいられない。

昭和三十七（1962）年三月二十六日、室生犀星が七十二歳の生涯を閉じたとき、中野重治は葬儀の総責任者として努め、昭和三十九年、新潮社から『室生犀星全集』（12巻・別巻2冊）の刊行が決まったときも、中野は編纂の代表者役をつとめた。

中野重治に、単行本『室生犀星』（筑摩書房刊　昭和43・10）一巻がある。新潮社刊『室生犀星全集』全十四巻にわたって彼が書いた解説文と、それまでに書いた「犀星関係の文章を一つに集めた」のが、この『室生犀星』だと著者自身によって説明されている。

単行本『室生犀星』の全文はその後、中野の「斉藤茂吉ノオト」とともに『中野重治全集』（筑摩書房刊　昭和51〜55）第十七巻に「室生犀星」として収められた。

いま、単行本と全集本との目次項目を照合してみるとき、両者の内容に若干の差異があることに気付く。（単行本は23項目、全集本は26項目。まえがき、うしろがき、年譜などを除く――）全集に収められた「犀星遺産」「記憶と想像」「『抒情小曲集』解題」の三項目が、単行本の目次には見当らないのである。

このうち「『抒情小曲集』解題は昭和四十四年四月刊行の『名著復刻全集近代文学館』作品解題・大正期」（日本近代文学館）に初掲載されたもので、単行本『室生犀星』の刊行時（昭和43）にはまだ書かれていなかったと考えられるので、全集のみに収録されているのは当然としても、昭和十二年一月発表の「記憶と想像」（『室生犀星全集第12巻月報第5号・非凡閣刊』）と、昭和四十年九月発表の「犀星遺産」（『現代の文学』第2巻月報29号・河出書房新社刊）が、「犀星関係の文章を集めた」というこの単行本『室生犀星』になぜ収録されなかったのか、という素朴な疑問が起こってくる。

「記憶と想像」は、「室生犀星全集『史実と小説集』について」と副題が付されたもので、犀星が昭和十年代新たに取組んだ歴史物についての解説が綴られている。奥野健男氏はそのころ「犀星の作品は文壇の評者から無視され、黙殺されはじめていた」とし、「月報に書かれた中野重治の文章が、まともにこれらの作品を論じた唯一のものであろう[16]」と述べている。犀星の作風変遷を知る上にも便宜な一文と考えられるだけに、単行本『室生犀星』に収められなかったのはなぜなのかと残念に思う。

そして「犀星遺産」。犀星の名が表題に付けられていることからも、この文章がなぜ中野重治本人によって『室生犀星』から外されたのか、私には甚だ小さからぬ疑問である。疑問というより、むしろそこに隠された意味があるのでは、とさえ思われてならない。

文中には、昭和三十五年五月、犀星を囲んで都内で開かれた第一回「驢馬の会」のことが紹介され、前年の十月十八日、昭和十三年に脳溢血で倒れてから二十一年目、室生とみ子夫人が亡くなられたと記されている。「驢馬の会」の席上、一人が犀星に向けてある問いを発したが、「それは、五十歳から七十一歳までのあいだの犀星性生活に関する問いだった」という。

「それで、どうしてました……」と問われ、犀星は「あの人は、いっぺんもそれをきかなかったね。きかれたら困ったろうが、いっぺんもききなさらぬ……」と答え、その正直な答えに一同心から満足した、と書かれているものである。「あの人」とは無論、とみ子夫人をさしている。犀星と旧「驢馬」の人たちとのザックバランで男性的な会話は、三十余年の歳月を隔ててなお健在、という印象だが、質問者は中野ではなかった。

文中の終わりに近い数行は、前段を受けてというより、いきなり話題を転ずる趣で「ある日私は電車で室生犀星と並んで大森へ走っていた」と書き出されている。以下原文をそのまま引用すると、―


ひょいと犀星が或ることについて私にきいた。それは、私としてありのままに答えたくないことだつた。答えたくないといつてはちがう。ありのままに答える心の準備のできていないことだつた。しかし私は、正直に答えるほかはなかつた。

人は正直でなければならない、というのとはちがう。しかし人は、つまり正直であるほかはないというのが室生犀星の哲学であるらしかつた。人は正直であるほかはない。私にとつては、それが犀星遺産である。


何とも含蓄に富む文章である。しかし具体的に何一つ明かされていない点、「感じたものを明晰に描きはするが、感じたものを説明はしない」(『昭和文学の諸問題』「中野重治」佐々木基一・1949)と指摘された中野文の特徴が、ここにも受け止められる。「人は正直であるほかはない」を、わずか二行百字の中で四度も繰り返していることの不思議さ。

思うに犀星に「或ること」をいきなりきかれて、先に犀星が性生活に関する質問を受けた時、ありのままに答えたのに倣って自分も「正直に答えるほかなかった」のである。そのことに後悔はないが、それにしても犀星の「或ること」に関する洞察力に中野は内心驚きを禁じ得なかった。いくぶん狼狽しているように取れなくもない。「或ること」を一気に打ち明けて、あとは天にまかすといった趣で、「人は正直であるほかはない。私にとっては、それが犀星遺産である。」とたたみかけるような結びには、一体何が込められているのだろうか。

女のあわれを描き続けてきた犀星の洞察力は、しばしば女性のことに関してその威力を発揮する。かつて「誌友の事」作中で、早くも中野の心にある一人の女性を捉えた犀星は、このときもあるいは女性のことで彼に質問したのではなかったろうか。

大胆に推理するなら、おそらく具体的にその女性の名も、「女ひと」作者は単刀直入に口にしたことであろう。「心の準備のできていない」中野の、少年のような狼狽と応答ぶりが目に浮かぶようだ。

中野は「むらぎも」の中で友人から、ある女性と「特殊な交渉」があるように疑われて主人公の安吉に「人生の道づれというのとはちがつた意味での淡い一つの友情。友情といつては言いすぎになるほどの人生での触れあい」そんな男女の仲もあるのだ、と言わせている。慎重な言辞ではあるが、中野重治その人の恋愛観をしのばせる、見逃せないくだりではないだろうか。この場合「特殊な交渉」の実際的有無など問題ではない。

その女性のことを、中野重治が簡単に言うはずもなかったろう。思うに、ただ一人の例外、かの室生犀星を除いては―。それに、犀星は、言われなくてもすでに見抜いていたかもしれない。室生犀星が中野にとって「文学上および人生観上の教師」たる所以も、二人の堅い絆の上にいまは一層深く胸に沁みる。

「犀星遺産」が単行本『室生犀星』に収められなかったのは、故人の「性生活に関わる」ことへの心遣いと遠慮もさることながら、中野がひそかにもっていた心の中の「女ひと」に関して、表現の慎重を期したのだろうか。

「女がすべてだ」と真っ向から打明けている犀星の率直さに対して、臼井吉見のいう「氷山がその実体を水中深く沈めている」ような含羞の人中野重治の、もどかしいようなありよう。しかしそれが何よりも、彼にとっての自然体だったと、いまはむしろなつかしい。淡く、不器用でも、それ以外にあり得なかった中野重治の生き方に、真実の持つ重さと深さを教えられる。

《註》

（1）髙柳真三は後に東北大学教授。髙柳の母と犀星のとみ子夫人は教師時代の同僚で親しかった。
ちなみに髙柳は大正14年暮、犀星夫妻の媒酌で結婚。

（2）室生犀星「詩友の事」一九二四

（3）中野重治「文学と私」一九七一

（4）中野重治「停滞期にいるものの回想―私の詩作について」一九五〇

（5）中野重治「『愛の詩集』初版のこと」一九六六

（6）室生犀星「中野重治君におくる手紙」一九三四

（7）中野重治「教師としての室生犀星」一九五〇

（8）松下　裕「中野重治研究について」
（旧版『中野重治全集』筑摩書房刊別冊『中野重治研究』所収）一九六〇

（9）丸山珪一「青春のドキュメント―北村喜八宛中野重治の書簡について―」
（中野重治を語る会会報』第34号）一九八九

（10）中野重治「室生犀星　人と作品・戦争の五年間」（『室生犀星全集』第八巻）一九六七

（11）中野重治「『驢馬』の時分」一九六二

（12）室生犀星「『驢馬』の人達―中野重治の周囲―」一九五九

（13）室生犀星「『驢馬』の人達―中野重治の周囲―」一九五九

（14）中野重治「金沢の家」一九六〇

（15）笠森　勇「中野重治」（『詩の華・室生犀屋と萩原朔太郎』所収）一九九〇

（16）奥野健男「犀星評の変遷（3）」（『室生犀星全集』月報第八号）一九六六

『驢馬』

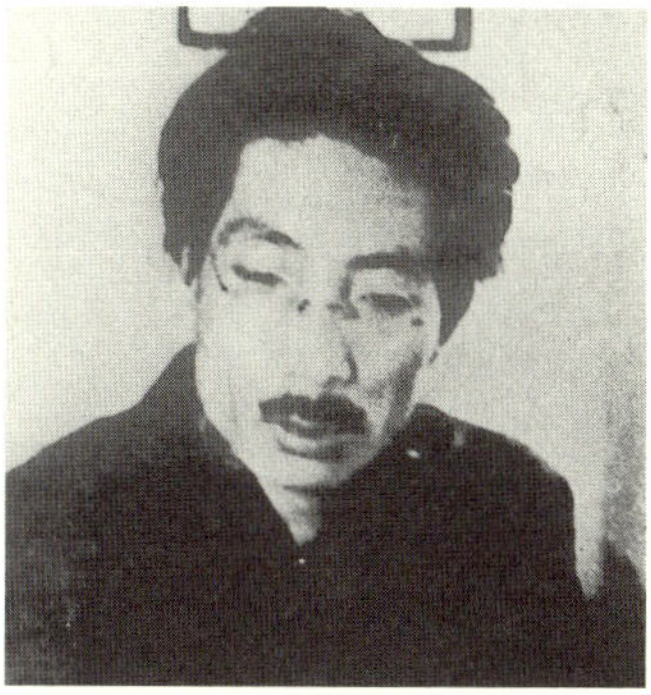

室生犀星。大正期、中野重治と出会った頃

中野重治、東京・柏木町自宅書斎で（昭和10年頃）

室生犀星と中野重治関係年表（抄）

年	事項
一九一九（大8）	中野、犀星の『愛の詩集』『抒情小曲集』を読む。
一九二三（大12）	中野の詩「大道の人々」（四月頃）。 十一月、関東大震災で金沢帰郷中の犀星を中野が訪ねる。その後、窪川鶴次郎を伴って訪ねる。
一九二四（大13）	三月、中野、第四高等学校を卒業し東京帝国大学入学。 犀星「詩友の事」（『随筆』六月号・主人公小島重二のモデルは中野）
一九二六（大15）	一月、中野の小説「愚かな女」静岡新報の懸賞小説一等入選（選・室生犀星） 四月、同人誌『驢馬』創刊。（一九二八年まで十二号）
一九二八（昭3）	犀星「中野重治氏の（春さきの風）を批評す」（『讀責新聞』八・一七）
一九三四（昭9）	五月、中野、豊多摩刑務所（昭和七年五月から二年間入所）より出所し犀星を訪ねる。 犀星と中野『文藝』（九、十二月号）誌上で往復書簡。「中野重治君におくる手紙」「室生さんへ返事」
一九三七（昭12）	中野「記憶と想像」（非凡閣『室生犀星全集』第十二巻月報）
一九三九（昭14）	中野「蟹シャボテンの花―室生さんに」（『改造』一月号）。 中野「歌のわかれ」（『革新』四、五、七、八月号）作中に犀星詩二編引用）

一九四〇（昭15）中野「街あるき」（『新潮』六、七月号・作中の藤堂モデルは犀星）
一九五一（昭26）中野「『室生犀星詩集』について」
一九五四（昭29）中野「むらぎも」（『群像』一～七月号）作中の斉藤鼎モデルは犀星）
一九五五（昭30）中野「犀星室生さん―美しい『女ひと』」（『日本讀書新聞』10・31）
一九五七（昭32）犀星「『萩のもんかきや』をすいせんす」（『文藝』一月号）
一九五九（昭34）犀星「『驢馬』の人達―中野重治の周囲―」（『文学界』七月号）
『中野重治全集』（全十九巻、別冊一　筑摩書房）刊行。題簽は室生犀星。
一九六〇（昭35）五月、第一回「驢馬の会」。
一九六二（昭37）十月、中野「金沢の家」（『日本文学全集』第二十四巻月報）に犀星のこと。
三月二十六日、犀星逝去。中野、葬儀の責任者役をつとめる。
一九六四（昭39）三月、『室生犀星全集』（全十二巻別巻二巻。新潮社、四三年一月まで）刊行。
編集代表、中野重治。
一九六八（昭43）一月、中野「心のこりの記」（『室生犀星全集』月報第十四號）。
十月、中野『室生犀星』（筑摩書房、筑摩叢書）刊行。

〈参考〉
＊『石川近代文学全集8・中野重治』（巻末年譜・小川重明　一九八九）
＊「室生犀星と中野重治」（丸山珪一作成年表　一九八九）

室生犀星と島田清次郎

―小学生時代の明暗

室生犀星と島田清次郎。大正八（1919）年、ともに自伝小説によって大正文壇に華々しくデビューしたこの二人は、その後対照的な道を歩んだ。

すでに詩人として知られていた犀星はこの年、雑誌『中央公論』八月号に発表の小説第一作「幼年時代」が好評を博し、流行作家への鮮やかな転身を果たした。その後、幾度か小説手法の変革を試行しつつ、半世紀にわたる多彩な文業を成し遂げ、昭和三十七（1963）年三月二十六日、犀星は作家として幸せな七十四歳の生涯を閉じた。

一方、弱冠二十歳にして一躍文壇の寵児となり、『地上』四部作で洛陽の紙価を高めるごとく世の話題をさらったのも束の間、栄光から一転、スキャンダルの渦中に狂人として葬られ、精神病院の一室で三十一年の短い生涯を終えた悲劇の人、島田清次郎。

二人は同じ北陸金沢に育ち、金沢市立野町尋常小学校卒業の先輩と後輩であるばかりか、幼少年時代をごく近所に過ごしたという、不思議なめぐり合わせを有している。対照的でありつつ、どこか似た要素を持ち合わせていなくもない両者に、はたしてどんな接点と共通項があったのか。互いに相手をどう意識していたのかなど推理してみるのも、興味深いことに思われる。

それにしても今日、「島田清次郎」という名を知る人は一体どれほどいるだろうか。

大正八年六月、著名な評論家生田長江の推薦を受け、新潮社から出版された長編『地上』（第一部・地に潜むもの）が空前のベストセラーとなり、天才の名をほしいままにした清次郎。しかし、自己過信による常軌を逸した行動と傲慢な態度が、作家仲間やジャーナリストらの顰蹙を買い、同十二年、読者女性とのスキャンダル事件が引き金となって社会から抹殺された。同十三年、街頭で不審尋問を受け精神鑑定の結果、早発性痴呆症と診断され強制入院。六年後の昭和五（１９３０）年、病状は回復しつつあったとも伝えられるが、肺結核を併発し、同年四月二十九日、収容先の巣鴨保養院で波乱の生涯を閉じた。

いまも一部の人々から、彼は「島清《しませ》」と呼ばれる。母と二人の貧しい暮らしの中で、自らの才能だけを信じ、すべてを注ぎこんで書き綴った「地上」第一部・五百枚の原稿は、十代の彼が人生を賭けた、文字通り唯一の宝物であったろう。

島田清次郎は、犀星（1889年生まれ）とはちょうど十歳年下で、明治三十二（1899）年二月二十六日、金沢から約十八キロ南の手取川河口の港町・石川郡美川町に、回漕業を営む父島田常吉と母みつの長男として生まれた。一歳の時、海難事故で父がなくなり家は没落。金沢市・西の廓に妓楼を経営していた母方祖父のもとに母子で身を寄せ、犀星も通った金沢市立野町尋常小学校から石川県立金沢第二中学校へと進んだ。

幼い頃から神童として名をはせ、小学校を首席で卒業した清次郎は、態度も堂々として迫力があり、とくに作文では教師も舌を巻くほどの大人びた思考と筆力を示したといわれる。犀星がのちに自らの小学校時代を振り返り「野町では唱歌が七点から八点あった。あとは五点と六点と、落第点とが相半していた」「卒業させられない奴をおたすけで、卒業させたものらしい」（「音楽の先生」）と、幾分諧謔的に述べたのとはおよそ対照的だった。

しかし間もなく祖父が相場に失敗。妓楼を手放した頃から、少年清次郎にとって一層不本意な日々の始まりとなった。篤志実業家の援助で東京の明治学院普通部二学年に転入したものの、母再婚の経緯をめぐって実業家と対立し、一年足らずで帰郷。伯父（母みつの兄）のもとで第二中学校に復学し、のちに伯父の方針で金沢商業学校本科に転じたが、勉学の意欲を失い弁論大会で学校を批判、停学処分を受け一学年を落第し、やがて退学となった。

その後は洋品店店員、株式取引所、新聞社発送係、郡役所雇員など、職業を転々とした。遂に母を頼って上京。洋品屋の住み込み店員のかたわら書いた二百枚の創作を、ある新聞社に持ち込んだが断られ、自殺を図ったこともあるという。

「地上」の主人公、十六歳の大河平一郎は恋人和歌子への手紙でこう語りかける。

「ぼくは貧乏でもただの貧乏人ではないつもりです。ぼくはきつと貧乏でも偉くなります。きつとです。……」「僕だつてじきに大きくなります。僕達は今こそまるで無力でも、いつまでも無力であるものですか。……」

絶対にえらくなってみせると意気込む平一郎の姿は、そのまま作者・島田清次郎の投影に他ならない。平一郎はまた、学校で倫理の時間に校長から将来何になりたいかと聞かれて、こう答えるのだった。

僕は貧乏ですから政治家になります。第一流の政治家になります。僕は越村君のように国家的経綸といふことよりももつと重大なことをやります。それは貧乏です。貧乏を退治ることです。貧乏をこの世より絶滅することです。僕は多くの人間が貧乏なために苦しんでゐることを知つてゐます。（略）本当に人間全体の苦しみを知つてゐて、その苦しみをなくしようとしてゐる人はありさうにも思われません。（略）僕の親友の深井は将来芸術家になると言つてゐます。僕も随分なりたいけれど、僕は文学者や芸術家や思想家になつて後代の影響をまつよりも僕はせつかちですから政治家になつて、真理であると信ずることを直接にこの世に実現したいと思います。……

貧乏こそがすべての矛盾の源であり。貧乏を地上から絶滅させるのが、他ならぬ自分の使命なのだと敢然と言い放つこの論理の明快さ。十六歳の若い正義感と野心が作品の力強いエネルギーとなっていよう。また一面、遊郭という特殊な環境に少年時代を過ごした清次郎は、当然ながら娼妓らの日常も身近に見聞きした。客と楼主の駆け引き、微妙な男女の仲、怠惰と悲惨の織り成す郭《くるわ》の現実を、早熟多感な心に熱く受け止めての大人びた筆遣いは、とても十代のものとは思えない。

「政治家になって貧乏を退治する」ことを平一郎に誓わしめたのは、自分を含めてこの地上に虐げられて生きる多くの人々を救済せんがための、彼の大きな夢であったろう。同時に「優秀な天稟を貧乏のうちに露出して生くる者こそこの世の最も不幸なる者」であり、自分こそ、本来あり得べからざる不遇に日を送る不幸な人間だと、規定してはばからなかった。

初恋は破れるべくして破れ、偉くなって周囲を見返してやりたいという〈復讐〉の思いが悶々と彼を追い詰めたことであろう。苦しい生活のなかで、ひたすら「偉くなるんだ」と已れに命じた清次郎。「地上」の思想は、のちに伝えられる驕慢な気質とは別人のように健全で、純情で、思い切り俗世への怒りをぶつけて、今日読んでも十分鑑賞にたえる大正ロマンチシズムの印象が強い。

一方、実父母を知らぬ犀星にも、養家での不本意な生い立ちがあり、島田清次郎と同様、世の理不尽を敏感に受け止めた彼の心に、人一倍強い立身の思いが若い日々を貫いていたろうことは容易に想像できる。

私は〈大きくなつたら…〉と思う。〈もつと大きくなつたら〉と私の心はまるでぎちぎちな石ころが一杯つまつてゐるやうであつた。（略）唯心の底深く私が正しいか正しくないかといふことを決定する時期を待つてゐた。（「幼年時代」）

ぼくがいけなくなつたら君だけは有名になつてくれ。ぼくの分をもふたり前活動してくれたまへ（「性に眼覚める頃」）

嘗て幼少にして人生に索めるものはただ一つ、汝また復讐せよといふ信条だけであつた。幼にして父母の情愛を知らざるが故のみならず、既に十三歳にして私は或る時期まで小僧同様に働き、その長たらしい六年くらゐの間に毎日私の考へたことは遠大の希望よりさきに、先づ何時もいかやうなる意味に於いても復讐せよといふ、執拗な神のごとく厳つい私自身の命令の中で育つてゐた。（「復讐」）

「性に眼覚める頃」の終盤に、親友の表棹影をなくした「私」が遊郭を訪ねる場面が描かれている。

「べにがら塗りの格子の家」がつづく郭町で、「私」が人目をさけて入った「ある一軒の大きな家」とは、あるいは清次郎の祖父・西野八郎が経営していた「吉米楼」だったとしても不思議ではない。「金毘羅さんの坊ちゃんでしたわね。あなたのやうなお若いかたはおことわりしてゐるのですが、おうちをよく存じ上げてゐるものですから……。」と女将に言われ、座敷に案内された「私」の晩成ぶりがほほえましい。

その同じ紅灯の一角に、縫い物に励む母のかたわらで読書するまだ幼い清次郎がいたことを思うと、不思議な感慨を禁じ得ない。文字通り逆境の中から、ともに己れの筆一本で「有名」になった犀星と清次郎。しかし皮肉にも、若すぎる成功が清次郎に人生をあやまらせ、一方、十歳上の犀星には新婚生活を支える本格的な作家活動のスタートをもたらしたのだった。

二人の運命を分けたのは何だったろうか。互いの学校生活の中に、その遠い原因の一つをとらえることができるように思う。かつて、小学校の非情な成績評価に傷ついた「劣等生」犀星は、その潜在意識をバネに、驕ることなく着実に自分の持てる力を伸ばしていった。「犀星はある意味で俗人である。しかし、その俗人は悪い意味ではない。犀星は地に足のついた生活者であった。健康な常識人とも言える。」（本多浩『室生犀星伝』）の指摘通り、その生き方は終生、驕りとは無縁であった。

一方、年少にして名を成したため天才と呼ばれた島田清次郎は、常識の受容を拒み続け、ひとり処世の欠格者とならざるを得なかった。犀星とは逆に、小学校以来成績優秀を誇った清次郎の強い自信と周囲への侮りは、天才と呼ばれたことでますますエスカレートし、自分にはどんな非常識な言動も許されると考えるに至ったのだろうか。他者に教えを乞うことは「天才」のプライドが許さなかったろう。しかし、人前では虚勢を張っていた彼も、実生活では頼るべき肉親もなく、寂しく孤独な一青年にすぎなかった。

文壇の裏に巣食う人々の暗い嫉妬心までは、さすがの彼も見抜けなかった。人生経験の不足と人格の未熟さが、世間への対応をあやまらせたと言うほかはない。非情なジャーナリズムの犠牲となって消えていった「お人好し」清次郎がかわいそうにも思われる。後年、犀星は清次郎に触れてこう書き記している。

當時、本郷神明町の家に佐藤君をたづねた時、(略)けふはたしか島田清次郎が来る筈だが、かれこれ来てもよい頃だがといひ、島田清次郎がやつて来るといふことで佐藤はその身邊に、ひとつの飾りボタンを見附けたやうにいつた。島田清次郎は私と郷里を同じくし何度も原稿を見たが、有名を馳せ何十萬部といふ書物の賣れた男であつたが、有名になつてから新潮社で行き會つても碌々、挨拶もしないで澄し返つてゐた。そしてその男の本が賣れなくなつた時分に、當時震災で帰郷中にわづか十圓の金をかりに来たが、私は流行つたことのある所以をもつて彼に十圓を貸し與へた。(略)當時、新潮社の樓上で會つた島田清次郎はちよつと金がいりようだが、さうだね、五百圓くらゐいるんだと、社員の金子信雄にさういふのを私は傍で聞いてゐた。ちよつと五百圓はいまの十萬圓かな、もつとかな、そんなことを故郷の先輩の前でぬけぬけといふ英雄島田清次郎を、佐藤君の書斎で待つ必要はなかつたが、その一日の情景は佐藤をおもふとうかび、英雄島田清次郎をしのぶよすがとしてゐるのである。

（「佐藤春夫のあれこれ」）

早朝、島清来たり。仙台へ講演に行くため旅費三十圓たのむといふ。貸す。これで助かつたと言へり。ものの哀れとはこの事也。

（大正13・4・26日記）

犀星をはじめ徳田秋聲、加能作次郎ら同郷の文学者が苦境の島田清次郎に比較的温かく接したことが、当時、たがいに遠く故郷を離れた同県人の気質と連帯をうかがわせるようで、はなはだ興味深い。

同郷の先輩・泉鏡花の震災罹災記に接して

室生犀星の大正十三年八月二十二日付日記（『室生犀星全集』別巻一・新潮社刊）の最後に、こんな一行がある。

「七宝の柱」を読む。名文也。

『七宝の柱』は泉鏡花作品集の一つで、大正十三年三月に新潮社から〈感想小品叢書四〉として刊行された。当時、関東大震災を避け、妻子とともに郷里金沢に滞在していた犀星が市内の書店を訪れ、店頭に並んだ同郷の先輩・鏡花の新刊本を、たまたま手にしたものと思われる。

同書には「露宿、間引菜、駒の話、くさびら、女波、傘、雨ばけ、小春の狐、大阪まで、寸情風土記、春着、婦人十一題、七宝の柱」など小品文と随筆十三編が収められ、表題の「七宝の柱」(大正10)「大阪まで」(大7)「寸情風土記」(大9)を除いてほかは、いずれも鏡花の大正十二年から十三年の著作である。おそらく犀星の関心は、その巻頭に据えられた「露宿」にあったものと思われ、「名文也」の賛辞も、書中先ずこの「露宿」にむけての犀星の偽らぬ感想だったと推測される。

「露宿」は鏡花の関東大震災罹災記で、プラトン社発行の月刊誌『女性』大正十二年十月号(10・1刊)に掲載された。鏡花を含め十九氏による「文壇名家遭難記」を組んだこの特集号にあって、久米正雄「鎌倉震災記」、広津和郎「東京から鎌倉まで」などと並び、「露宿」は「遭難記」中もっとも長い文章であり(吉田昌志氏『露宿』をめぐって」)、物事を正確に描写する鏡花の一面がしのばれるものとなっている。同誌の編集後記には「同特集の室生犀星(当時は田端在住)への依頼・9月10日、里見弴の脱稿日・9月14日」(穴倉玉日氏・鏡花研究会で報告)と記され、犀星も依頼に応じて原稿を寄せたことがあきらかである。

地震の瞬間は夢中だつた。午後過ぎになつてやつと恐さが数倍した。一日より二日がなほ怖かつた。何も彼もおしまひのやうな気がした。

地震後八百屋で青い瓜や茄子やめうがなどを見たとき、初めて落着いた気持になつた。ことに白瓜のいさぎよい青々しい色を見たら、夜と昼とのけじめさへ判らなかつた一週間が悪夢のやうに醒めかかつて、自分がまだこの世にあることを確かに感じることができた。（抄録）

大正十二年九月一日に関東全域を襲った大震災の直前、犀星は八月二十七日に長女朝子さんが生まれたばかりで、母子が入院していた駿河台の病院は焼け、双方不安のうちに一夜を過ごしたという。翌日正午近くに「満山の避難民煮え返るごとし」の上野でようやく妻と子に出会った。若い父親の犀星にとって、当分は産婦と嬰児の健康が最大の気掛かり（現に夫人は熱を出し下島医師の往診を受けた）であったし、一般には原稿どころではないと思われる犀星の状況である。

八月三十一日から九月十日までを記した犀星の「震災日録」（『室生犀星全集』第三巻所収・新潮社刊）には、九月六日の項に「改造社の上村君来る。何か是非書けといはれしも、断る。何をか書かんものぞ」とある。自宅こそ倒壊や火災に遭わなかったものの、犀星の精神的衝撃の大きさがしのばれる。そして九月十日には次のように記されている。

十日

午前六時佐藤春夫君来る。昨夜日暮里に野宿せしと言ふ。おたがひ無事なりしことを語り、諸行無常の談尽きず。佐藤君一と先づ大阪へ行かんと言ふ。予もまた帰国せんことを語る。（略）再会を約して別る。

ここには『女性』誌の編集後記にある、十日の「遭難記」原稿依頼については、なぜか一切触れられていない。いずれ、短い日数で書かねばならない急ぎの原稿には応じかねる犀星の心境と事情であったろう。十月初旬に東京を離れ、金沢へと避難した彼にとって、のんびりした田舎の暮らしは、何よりも妻子のためであった。

日が経つにつれ、俗にいう「故郷に錦を飾った」晴れがましさと、一方で若干の窮屈さも否定できない故郷の空気に、犀星自身の心中は、はるかに首都の文壇復興を窺いつつ、いささか焦りを募らせるものではなかったろうか。

そんなとき、たまさか手に取った鏡花の『七宝の柱』中の「露宿」は、うがった想像ながら、自分も目次に名をつらね筆をとっているだけに、「文壇名家遭難記」と組まれた特集の中、真っ先に目に入った同郷の先輩の一文に少なからぬ刺激と啓発を受けたことは想像に難くない。鏡花のそれは、

二日《ふつか》の真夜中《まよなか》せめて、たゞ夜《よ》の明《あ》くるばかりをと、一時千秋《ひとときせんしう》の思《おもひ》で待《ま》つ三日《みつか》の午前三時《ごぜんさんじ》、半《なか》ばならんとする時《とき》であつた。……殆《ほとん》ど、五分《ごふん》置《お》き六分《ろつぷん》置《お》きに揺返《ゆりかへ》す地震《じしん》を恐《おそ》れ、また火《ひ》を避《さ》け、はかなく焼出《やけだ》された人々《ひと〲》などが、おもひおもひに、急難《きふなん》、危厄《きやく》を逃《に》げのびた、四谷見附《よつやみつけ》そと、新公《しんこう》園《えん》の内外《うちそと》、幾千万《いくせんまん》の群衆《ぐんしふ》は、皆苦《みなにが》き睡眠《ねむり》に落《お》ちた。

と書き出され、中六番町から地震直後に燃え出した火が、三日の真夜中に及んでも、なお燃え続け、公園に野宿する鏡花らの不安を煽ったことを伝えている。そんな中、人々は「お邪魔をいたします。」「いゝえ、お互様。」「御無事で。」「あなたも御無事で。」と労わり合い、木の下でうなだれる中年の西洋婦人に「紙《かみ》づつみの塩煎餅《しほせんべい》と、夏蜜柑《なつみかん》を持《も》って、立寄《たちよ》つて、言《ことば》も通《つう》せず慰《なぐさ》めた人《ひと》があ」り、「私《わたし》は、人《ひと》のあはれと、人《ひと》の情《なさけ》に涙《なみだ》ぐんだ」と、人情家・鏡花らしい人間観察。また、闇の天幕の中で接吻する若い男女の気配にも「私《わたし》は此《これ》を、難《なん》ずるのでも、嘲《あざ》けるのでもない。況《いはん》や決《けつ》して羨《うらや》むのではない。寧《むし》ろ其《そ》の勇気《ゆうき》を称《たゝ》ふる」と、あたたかい。

鏡花独特の流麗な文体の中に、実体験ならではの貴重な証言が随所にあり、「露宿」の最後は、八方の火の中に「幾十万《いくじふまん》の生命《いのち》を助《たす》けて」奇跡的に「厳《おごそか》に気高《けだか》く焼残《やけのこ》つた」浅草寺観世音菩薩の御加護をたたえ、「法華経」普門品の一節で締めくくられている。

「花屋敷《はなやしき》の火《ひ》をのがれた象《ぞう》は此《こ》の塔《とふ》の下《した》に生《い》きた。象《ぞう》は宝塔《ほうとふ》を背《せ》にして白《しろ》い。
普賢《ふげん》も影向《やらがう》ましますか。
若有持是観世音菩薩名者《じやくうじせくわんぜおんぼさつみようしや》。設入大火《せうにふたいくわ》。火不能焼《くわふのうせう》。由是菩薩《ゆぜぼさつ》。威神力故《ゐじんりきこ》。」

この一文に、「名文也」と簡潔に記して犀星は何を思ったことだろう。犀星は早速「十一月下旬、上京、東京田端の旧居に戻ることを決め、十二月中旬に帰京の予定で家主と交渉。」と、「室生犀星年譜」（本多浩編）は伝えている。しかし旧居はあかず、単身上京して家探しをはじめた犀星が、家族を呼び寄せ同じ田端に落ち着いたのは、翌十四年二月のことであった。犀星の一年四ヵ月間の金沢暮らしは、四高生だった中野重治や窪川鶴次郎らとの出会いがあり、上京奮起のきっかけ（私の推測）となった鏡花「露宿」も、ふるさと金沢で読んだればこそだったのではないだろうか。

「郷里を同じくしてゐても、鏡花山人とは殆んどお訪ねする機会がなかった。お会ひすればすぐに親しい言葉づかひで話をすることが出来たが、」（「夢香山」昭和31・10）と犀星は後年、鏡花をなつかしんでいる。

昭和四年五月十四日、亡母ハツの一周忌で帰郷した犀星は、同月二十七日、東京への車中で、やはり金沢を訪れていた鏡花夫妻と出会ったという。「やあ、これは、君も金沢にゐたんですか。」と鏡花は言い、同じ土地にいて互いに知らずにいたことを「とにかく残念なことをした。君の天徳院近くを半日もブラブラ歩いてゐたんだが、今度は白山町といふ今までに知らない町も歩きましたよ。」と、いろいろ会話の様子を犀星は随筆「泉鏡花氏」（昭和4・7）で弾んだ筆を走らせている。

犀星作詞校歌の思い出

室生犀星作詞の「校歌」は、ふるさと金沢の学校を中心に二十六（学生歌一を含む）を数える。室生犀星記念館発行の『犀星校歌集』（平成18・3）によれば、古くは大正二年（伝）制定の和歌山県海南市立日方小学校校歌や旧金沢医科大学附属薬学専門部学生歌（昭和4）、旧哈爾濱《ハルビン》花園小学校校歌（昭和13―推定）、東京都大田区立馬込小学校校歌（昭和14）など、戦前作詞の四校を除いて、その多くが昭和二十一年以降の作歌である。戦後、学校制度が大きく変革された時期とも重なって、新しく犀星が依頼され作詞した校歌は、小学校から大学まで二十二作にもなっている。

私の母校・金沢市立中村町小学校も、昭和二十五年から犀星作詞の校歌を歌いつぐ学校の一つである。昭和十四年創立の、公立小学校としては比較的歴史の浅い学校であるが、犀星の育った千日町界隈に近く、現在この近所の子供たちは、むかし犀星が卒業した野町小学校ではなく、中村町小学校に通って犀星の校歌を歌っている。

教への庭に百草《ももくさ》の
とりどり匂ふ春なれや、
友らつどいてあふぐ山、
秋はよそほいきらめきて。

と、うたいおこして三番にいたるその歌は七五調の美しい詞章に、佐々木宣男氏の曲譜がよくとけ合い、六十余年の歳月を経ていまも私の脳裏になつかしくよみがえってくる。

終戦から丸五年が経ったとはいえ、世の中全体がまだ物資や食糧に不自由な時代で、私たちは学校でアメリカ駐留軍放出の脱脂粉乳や肝油の支給を受けて、日頃の栄養不足を補っていたのだった。昭和二十三年四月の入学時、一年生の教科書は基礎的な国語一冊があるだけだったと記憶する。中村町小学校の周りは田んぼが広がり、舗装されていない泥道を、雨や雪の日は莫蓙帽子を被り黙々と学校めざして歩いたものだった。そんなある時（学校で）雨の日の必需品・ゴム長靴の販売斡旋があったが、申込が多く抽選となり外れたことも、遠い日のほろ苦い思い出である。

創立十周年を期しての校歌制定であった。その時の立野與市校長先生の言葉はいま読んでも、そんな子供たちの日々を思っての温かい思いやりと喜びにあふれているようだ。

全校児童が歌う〝合同音楽〟のよい歌曲がほしい、それはかねてからの深い望みであった。特に、新時代にふさわしい新しい感覚をもった校歌、それは子供たちの生活を豊かにする上からも、切なる願いであったが、この春に郷土の大詩人室生犀星先生から、本校の校歌として、まことに美しい詩をいただいたことは、この上ない喜びであったのである。曲譜は金沢大学佐々木宣男先生の快心の作、気品に富む旋律の美しさは、よく詩ととけ合って、すぐれた音楽美が存分に歌い出されている。開校記念日を迎えて、心ゆくまで歌う子供達の美しい歌声何とうれしいことであろう。（以下略）

（昭和25・6・20発行・校報「なかむら」より）

作曲の佐々木宣男先生も次の一文を寄せておられる。

従来の校歌には、裏の山や前の川などの名を唱ったり、無暗に力むような語句を入れることが常であったと思いますが、この室生犀星先生の作歌にはそうした詩句がないので、或は日本のどこの学校の校歌であってもよいようにも、一応見えるようです。然し、こうした詩の中にむしろ校歌としてのすぐれた風格があり、誠に得難い良さがあると考えます。郷土出身の大詩人、その人格に日毎触れてゆくことは誠に大きな意義があり、子供たちの心情は美しく育まれてゆくことでしょう。校歌の作曲にはいつも苦労するのですが、今度は実に流れ出るように旋律を得ましたことは不思議な位であって、今までの作曲中最も気持ちよく出来たと思っています。それは偏に、室生先生の完成された美しい詩が、導いて下さったことと信じています。（以下略）

（同・校報「なかむら」より）

平成二（１９９０）年の秋、金沢市制百周年行事の一つとして開催された「市立小中学校所蔵美術工芸品展」で、書蹟として展示されていた犀星自筆の校歌原稿の前に立ったとき、遠い日の学校風景が浮かび上がるようで、こみ上げるなつかしさと感慨を禁じ得なかった。

それは「犀星箋」と刷られた専用の原稿用紙に「中村小学校校歌　室生犀星」と書き出され、あの特徴的な丸味の文字が桝目の中に端然と収まっていた。戦後物資不足の時代、あまり良質でないインクで書かれたそれらの文字は、もとの青から沈んだグレーへと変色し、ところどころが掠れて消えかかっていたが、額装され校長室に長年大切に保管されていたものらしい。市内には出身校の野町小学校をはじめ、ほかにも犀星の校歌を持つ学校が何校かあるなかで、中村町小学校のみが犀星自筆原稿を出展していたことも、偶然だろうが嬉しかった。久し振りに「校歌」を口ずさみながら帰って来たことは言うまでもない。

戦後、犀星の「校歌」第一作はいつごろであろうか。全集（新潮社刊）別巻（一）の日記に最も早く、昭和二十四年十一月に「（大田区立）馬込第三小学校校歌」が記されている。

幼年の日をおくる
まなびや馬込第三
幼年の日よしずまれ
みどり野に永くとどまれ。

と三番まで、啓蒙的な語句を避け、まろやかで、少年少女に語りかけるような抒情詩風の歌詞は、いかにも犀星らしい用語の特徴を持っている。「馬込の犀星宅に近く、長女、次男、孫が通った学校。昭和14年、次男卒業の年に初めての校歌としてつくられたが、このときの歌詞は戦時色が濃かったことから、75周年を迎えた昭和28年、再度犀星に依頼して現在の歌詞に改められた。（犀星日記）」と前記『犀星校歌集』に紹介されている。

「謝礼は予算がないから一萬円にしてくれといふ。承諾す」とあり、これに続いて犀星は翌年一月、田端中学校校歌も作詞し、同額一萬円の「謝儀」を受け取った。日記に「まるで校歌つくりになりそうである。」との記述も見え、おのずから打ち込むその額も、作者として納得する線が出来つつあったと推測される。

そんな中で、中村町小学校からの稿料は「五千円」だった由で、これには犀星も大いに不満だったらしい。日記には「小将町中学（金沢市立）は一萬円であった由、受取りにつたへて置いた。差額がありすぎるからだ。」と率直に書かれている。仲介した小畠夏子氏へのはがき（昭和25・3・24付）にも「此間校歌の原稿料を受け取りました。諸方面の半額、ケチな学校ですね。（後略）」（『犀星校歌集』）と、身内ならではの本音が打ち明けられたが、同時に立野校長には「拝けい、只今は美ごとなお菓子たまはり、あつくお礼申し上げます。うなゐ子の餡も匂ふか花あんず」と、やさしい句を添えた丁寧な礼状を出し、心遣いを見せている。

ちなみに、富山県・出町高校一萬二千円、金沢市立金石小学校一萬円、金沢市立野町小学校二千円。同じ金沢市立学校の間で稿料に差異があるのは、どんな事情によるものか分からないが、この「二千円」には犀星も怒りを隠さなかった。

犀星が尋常小学校四年間の課程をすごした野町小学校から昭和二十六年、創立八十周年を記念する校歌の作詞を依頼されたとき、かつて学業・素行とも「劣」という非情な評価に傷つき辛かった自らの小学校時代を振り返って、彼の胸中にはどんな想いが去来したことであろう。

春もいつしか庭先に
年は過ぎゆく窓よりぞ
ぬれし瓦をかぞえしが
われら育ちし師のおしえ

木戸逸郎氏は「窓越しに、涙のうるむ眼で、屋根瓦をかぞえていた少年の日の犀星の姿が、髣髴するような、全国でも特長のある校歌となっている。」と、その著書『犀星のふるさと』の中で述べておられる。

送稿してじつに四ケ月が経っていた。同校校長が菓子と謝礼の「二千円」を持参したとき、犀星は「校歌はたいてい一萬か一萬五千圓くらゐであらうが、二千圓ははじめてであった。しかも記念集に七枚もの原稿を書いてゐるのだ。」「いくら母校でも」と憤慨している。さらに作曲家を紹介してほしいと頼まれ、困惑しながらも苦労人犀星の律義さは、結局これにも応じ、斡旋の労をとったのだった。

まさに「天才は郷党から認められない」のたとえ通りに、いまや中央文壇で名を成した犀星も、郷里の人がその過去において知っているのは「定職を持たぬ怠け者」のイメージであったろうか。いまだ「文学かぶれの不良少年」として、それも、より身近な野町、中村町において五十年余りを経てもなお、負のイメージはそう簡単に覆されなかったということだろうか。

いまは学童数の減少から野町小学校は閉校され、弥生小学校と統合して平成二十四年四月、泉小学校として新しい歩を踏み出した。中村町小学校では「作詞　室生犀星」の名も誇らしげに校歌の碑が、子供たちの明け暮れを見守っている。

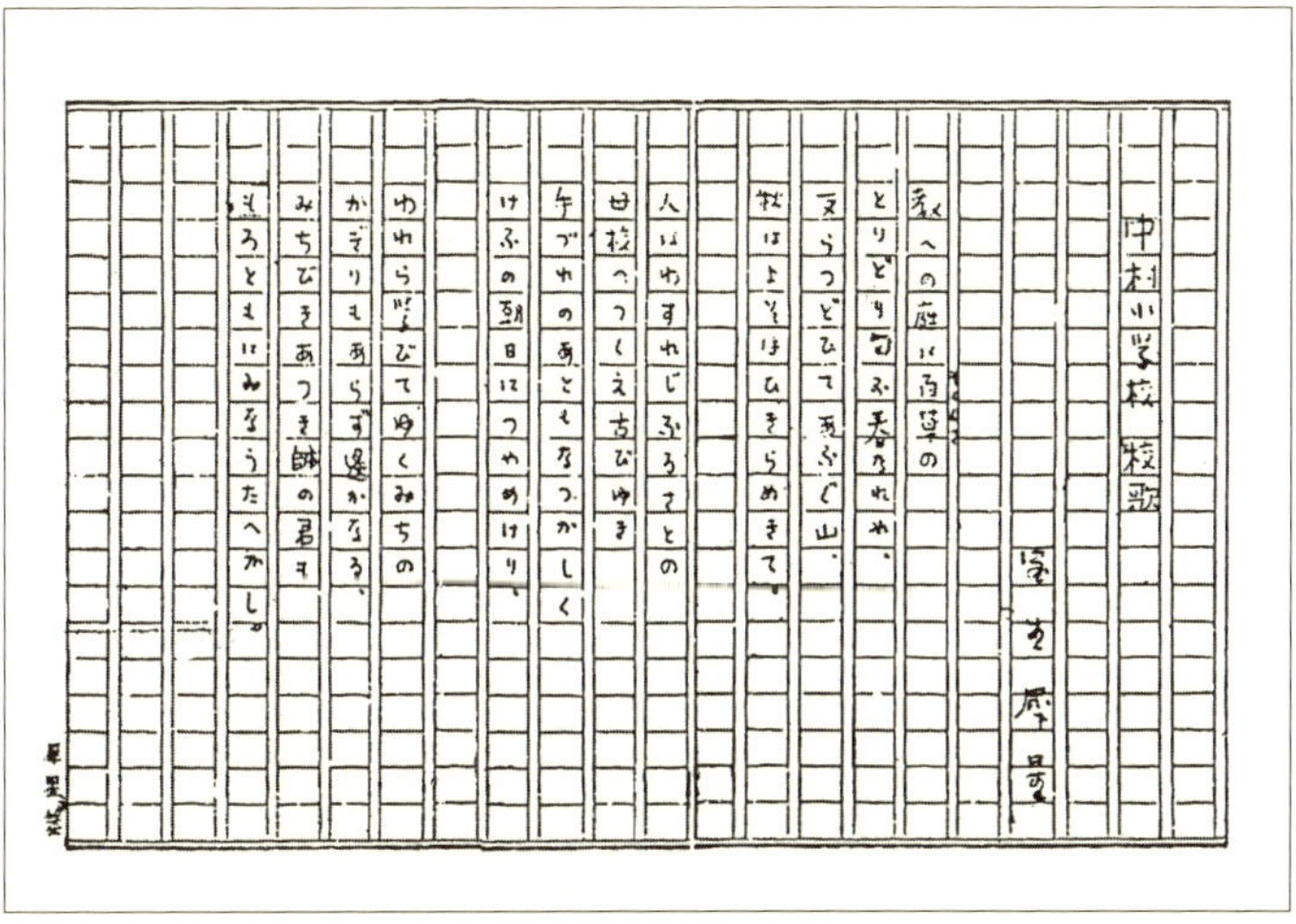

中村小学校　校歌

室生犀星

教への庭に百草の
とりどり匂ふ春なれや。
友らつどひて仰ぐ山。
秋はよそほひきらめきて。

人はわすれじふるさとの
母校へつくえ古びゆき
手づれのあともなつかしく
けふの朝日につやめけり。

われら学びてゆくみちの
かぎりもあらず遥かなる、
みちびきあつき師の君よ
もろともにみなうたへかし。

金沢市立中村町小学校校歌・室生犀星自筆原稿（昭和25年）

満たされぬ思いのなかの純朴さ

――なつかしい犀星詩の想い出

あはあはしきしぐれなるかな
かたかは町の坂道のぼり
あかるみし空はとながむれば
はやも片町あたり
屋根の上にいまは
しぐれけぶりぬ

この詩は『抒情小曲集』に「十一月初旬」と題して収められている。

短いながら北陸の晩秋の風情を詠み込んで、金沢に住む私たちには、「かたかは町の坂道」や「片町あたり」とある固有名詞への親しみはもちろん、犀星詩の分かりやすい詞章の連なりが、すーっと心にしみてくる。「犀川」の文字こそないが、百年近い歳月を経ても変わらぬ犀川べりの人々のいそしみが、言葉の向こうに見えるようだ。

流れに沿って家並みが片側だけ続く「かたかは町」。そこから寺町台へと上って行く蛤坂。その坂道から対岸の繁華街・片町を望んで、時雨に煙る瓦屋根を眺めた犀星の若き日の姿が彷彿とする。孤独を癒そうと、あえて時雨のなかを寂しく歩いていた彼だったろうか。この詩に限らず、故郷の風物を描いた犀星作品の多くが、どこか満たされぬ思いを含みながらも純朴さ健気さを伝えてくるのは、犀星の真の強さの反映だと思われる。

「ふるさとは遠きにありて思ふもの」と絶唱して、自らを奮い立たせた犀星の心に去来したものは何だったろうか。悲喜こもごもに、ふるさとへの屈折した思いが万人の共感を呼んで、「ふるさとは」の詩は、いまも永遠に滅びぬ青春のフレーズである。

私の母校金沢市立中村町小学校は、犀星作詞の校歌を歌い継いで六十余年。在校生も卒業生もそのことを誇りとし、誰もが大なり小なり室生犀星への熱い思いを持ち続けている。低学年の頃、近所のおませな上級生から教えてもらった犀星詩「ふるさとは」を、意味もよく分からず、まず口移しの「音」として覚えたものだった。

七五調の心地よい響きが「よしやうらぶれて　いどのかたゐとなるとても」までくると、子供なりに声をトーンダウンさせたものの、頭の中は「裏側」「井戸」「固い」のイメージが空回りして、何が何だか分からなかった。

小学校の校歌についても、同様の混乱をきたしていたのは私ばかりではなかったろう。

教《おし》への庭に百草《ももくさ》の
とりどり匂ふ春なれや、
友らつどひてあふぐ山、
秋はよそほひ、きらめきて、(一題目)

この格調高い詞章にもかかわらず、私たち生徒は、「押し入れの庭って一体何だろう」、「モモクサって?」「鳥が二つ?」「ハルナレって何?」という具合。決してふざけていたわけではない。意味不明のまゝ幼い声を張り上げて歌っていたのが、つい昨日のようである。

しかし、いま振り返るとそれも案外悪いとは言いきれない。後日の納得できる解釈は、そうした闇雲の暗誦が功を奏することも少なくないゆえに。

まず、犀星の詩を声を出してよんでみませんか。

犀川畔、上流より大橋辺りを望む

金沢市野田山の犀星墓地

金沢・犀川べりの「犀星」散歩道

金沢は、遠く白山山系北東の医王山・戸室山の二つの山麓から、日本海へのゆるい傾斜台地の裾にひらけた市街地として発展した。海に向かって平行に流れる浅野川・犀川の二つの川によって、町並がほゞ三等分されている。二つの川に挟まれて中央に位置する一帯は、旧金沢城を含み、早くから武士と町人の家並が整った、城下町の中心として整備された。その両側の浅野川以北と、犀川以南の二つは江戸時代、町の拡大と共に開けた、いわばその昔、いくらか田舎の風情を残してできあがっていった新興の町々であった。

作家と郷土とのかかわり合いを考えるとき、明治から大正にかけて金沢の生んだ代表的作家（徳田秋聲、泉鏡花、室生犀星が、地元ゆかりの三文豪と言い慣わされている）の上に、この地形から来る影響を無視できないと、よくいわれる。

優美な景観を持ち「女川」といわれる浅野川の界隈に育った泉鏡花や徳田秋声の、洗練された作風に対し、水量豊富で流れが速い「男川」犀川のほとりに育った室生犀星の文学には、先の二人とは異質の野性味がしばしば指摘されている。もちろん、犀星の作風はそんな地理的条件を含め、さまざまな要素が絡みあって成り立っていったにちがいないが、自らその名を冠するふるさとの川が、いつも彼の中に強く意識されていたことは想像に難くない。

かつて犀星は、ふるさとについて「帰るところにあるまじや」と嘆じ、自分を受容しない故郷の人々を、敵ではないまでも、決して味方ではあり得ないと肝に銘じているふうであった。考えてみれば、定職を持たず文学に憑かれて当てのない放浪をくりかえしていた無頼青年・犀星は、地道な勤労に明け暮れるふるさとの人たちにとっては、厄介な部外者にほかならず、彼らが若き日の犀星を認めなかったのも、一面、無理ないことであったろう。

多くの作家が、そうした周囲の冷視に耐えて、むしろその境遇をバネにして自らの文学を確立していったように、犀星にもまた、不幸な出生と生い立ち、そしてふるさとでの疎外感という、負の要素を逆利用して強くなっていった宿命と過程がしのばれる。

「ふるさとに身許洗わる寒さかな」の句もまた、ある時期、犀星その人の偽らぬふるさとへの感慨であったろう。ここでいう犀星にとっての「ふるさと」とは、金沢の全体というより、市内の限られた区域、つまり自分の生い育った犀川以南と周辺の人々を限定して指すように思えてならない。青少年期の、自己形成と大きくかかわった犀川以南と、同じ金沢でも、大橋を渡り犀川右岸の、市中心部に近い地域には、おのずから別の感慨を持っていたことが推察されるゆえに。人の交流も町内単位で行なわれていた昔、金沢は川を挟んで互いの地域は、少し大げさに言えば、一種の他国であった。

犀川以南と川向うとがそれぞれに興味深い対照をみせて、私たちの前に犀星の青春の軌跡と心のありどころを、しみじみとよみがえらせてくれる。犀星の育った大橋詰の真言宗寺院・雨宝院を振り出しに、いまは室生犀星記念館（2002年開館）が建っている生家跡。失意の彼がよく散歩した蛤坂から神明宮の境内へと歩を進めると、さらに、粋な紅殻格子のお茶屋が並ぶ「西の茶屋街」かつての遊郭である。ここは犀星の後輩作家・島田清次郎も育ち、大正のベストセラー「地上」の舞台ともなった。旧北国街道を横切り、緩やかな三間道坂を進むと犀星と清次郎が幼時を学んだ野町小学校（平成26年4月、近隣地域の弥生小学校と統合し現在は泉小学校）。すぐ近くの泉寺町の一角には、犀星が幻の母を慕って佇んだという通称赤門寺の興徳寺がある。

「幼年時代」「性に眼覚める頃」ほか自伝作品に描かれるこれらの場所は、いずれも犀星無名時代の屈折した心のあとを辿る、文字通り「ふるさとコース」である。

これに対して、川を挟み、先述した市中心部一帯につながる犀川沿いの右岸には、とみ子夫人の生家・浅川家をはじめ、大正十二年、関東大震災を避けて帰郷後一年数ヶ月をすごし、芥川龍之介や堀辰雄も訪れた川岸町の旧宅、四高生だつた中野重治や窪川鶴次郎を迎えた川御亭の旧宅、さらにあんずの詩を刻んだ文学碑（谷口吉郎設計）などがある。概して犀星が名を成したあとの、どこか明るく、誇らしげな雰囲気を漂わす場所が多い。

作家として自立した後の犀星の帰郷は、むかし自分の住んだ雨宝院側の犀川以南ではなく、対岸の川岸町、川御亭など市街中心部に近いところが選ばれているのが印象深い。そこが夫人の実家に近く、生活に便利という理由のほかに、「ふるさとへの愛憎」を知らずしらずに反映しているかに思えて感慨を禁じ得ない。

先の俳句に戻るなら、いまや「身許洗わる」不快もなく、堂々たる作家として、今度は対岸から、かつての苦い思い出の地を、いくらか優越感の混じる思いで客観視していた、犀星ありし日の姿を想像して、ひそかな微苦笑をかみしめざるを得ない。まさに、ふるさとは遠きにありて思うべし、なのである。

急速な都市化の波は金沢も例外ではない、やがて町の景観も別の風景に変わってゆくにちがいない。どんなに風景が変わろうと、かつて犀星が抱いたふるさとへの哀歓を私たちは心の中に問い続けてゆきたいものである。

表　棹影

十代で燃え尽きた天才詩人

わたしがまだ二十ころに、表棹影といふ詩の友だちを持つてゐたことがあつた。この男は古い『文庫』や『新聲』に詩もかいてゐたし、そのころ少しくらゐ田舎めかしい有名さをわたしと同様な程度で持ち合してゐた。「麦の穂はころも隔てておん肌をさすまで伸びぬいざやわかれむ」といふ歌など、いまでも頭に残つてゐる。この男にはひとりの姉さんがゐて髪結ひをしてゐた。その収入を割いては人並はずれた大きな青年である弟に、一日何もしないでゐるのを責めもしないで与へてゐたが、表はそれで本や原稿紙を買ひ、雑誌に寄稿してゐた。雑誌に出ると表より姉さんの方が喜んでゐた。わたしはまだこんな美しい姉弟を見たことがない。

「あれさへどうにかなつてくれればと思ひましてね」と姉さんは言ひ、表はすこし金をつかひ過ぎると姉に気の毒だと言つたりした。かれらは故郷の裏町に侘しく住んでゐたが、表は早夭してしまひ姉さんはどこへ嫁に入つたか十三年振でこちらに住んで捜しても分らない。

「日はあかし人には人の悲しみのおごそかなるになみだは落つれ」といふのも、そのころの、いまから十七八年前のかれの歌である。私が今日詩文をもつて已の衣食に住するのを顧みると、かれのことも考えられかれがゐたらわたしくらゐのものは書き、わたしくらゐの程度の有名さを持ち、それ故に世を悲観する様な文人になつてゐるだらうと思ふのである。（中略）そしてかれとわたしが錦を着て国へかへつて見たらどうであらう。かれの姉さんはあぶら臭い仕事着をぬいで、いそいそとして、泪迅い目つきをして停車場へ出てゐはしないか？ そして出世をしたやうな弟の姿を見て、何も言ふことができなくて、はらはらしてゐるのが目に見えてくるのである。それとも、或ひは落魄してわれわれ二人はいまのわたしのやうに暮しに沈んで、それが何よりだと思ふやうになるかも知れないのである。（中略）全くわたしは今まで長い間この表棹影のことを忘れてゐたのだ。しかし思ひ返して見るといつでもかれのことがわたしには懐かしくないことはないのである。

（室生犀星「詩友の事」）

心情あふれるこの小品文は、犀星が大正十二（1923）年秋、関東大震災の後に妻子を伴って金沢に転居し、一年四ヶ月を過ごした頃のもので、故郷に帰り、久しぶりに思い出した亡友・表棹影への温かい気持ちと懐かしさが、行間ににじみ出ている。

「かれがゐたらわたしくらゐのものは書き、わたしくらゐの程度の有名さを持ち」と、犀星に惜しまれた棹影の、「性に眼覚める頃」に描かれた才気走った不良少年とはべつの、家族思いで繊細な彼の実像が浮かび上がる。ひたすら弟に夢を托して献身した姉の姿や、文学に身を賭する者の栄光と悲惨。家族の期待を背負った棹影の、いじらしいばかりの暮らしの一端がしのばれる。それらが長い歳月を経て、なお私たちの心に訴えかけてくるものは、決して小さくはない。

表棹影の作品については、笠森勇、上田正行、三浦仁、渡部直美ら諸氏のご努力によって現在のところ、短歌二〇三首、詩二四篇、小説六篇、小品文四、俳句三句が確認されている。ほかに棹影生前の作品集『落星集』(紛失)の存在が伝えられており、『醫峰』『寒潮』『檜扇』など未発見の同人誌に寄稿したものも含めると、作品数はさらに増えることが十分に予想される。これらの作品は『表棹影作品集』(笠森勇編　桂書房　２００３・６)で見ることができる。地元の「政教新聞」(のちの「北陸新聞」)「北國新聞」のほか、『新聲』『文庫』『文藝倶楽部』『ハガキ文学』『中学生』など中央誌の文芸欄に応募掲載されたものが大半で、いずれも明治三十八(１９０５)年八月から同四十一(１９０８)年十二月まで、彼が十代で燃え尽きるわずか三年余りに集中している。

次の詩や小品文は、その中で最も早い時期の制作と推定される。

猿《さる》曳《ひき》(課題)　　石川　棹影

玉《たま》の緒《を》までも捧《さゝ》げてし、愛《いと》しき君《きみ》に捨《す》てられて、俤《おもかげ》知《し》らぬたらちねを、すゞろ寝覚《ねざめ》に恨《うら》みしが。
若《わか》き男《を》の子《こ》の甲斐《かひ》なくて、意地《いぢ》なき者《もの》よ孤児《みなしご》と、
若《わか》き女子《をなご》にそゝのかれ《ママ》、老《お》いたる人《ひと》に嘲《あざ》けられ。
世《よ》は皆《みな》恁《か》くと知《し》りながら、黙《もだ》し難《かた》き嘲《あざけり》に、
儚《はかな》き幻影《かげ》を辿《たど》りつゝ、出《いで》しもあれや今日《けふ》の姿《さま》。
越《こ》えて呉《ご》の水越《みずえつ》の山《やま》、面蒼褪《おもあをざ》めて若《わか》き男《を》の、
小《こ》猿《さる》抱《いだ》きて我村《わがむら》に、春雨《はるさめ》侘《わ》ぶるその思《おもひ》かや。

（『文藝倶楽部』明治39（1906）・1）

中央の文藝雑誌新年号に応募し初入選したこの詩は、前年暮れの制作と推定され、棹影は十代の前半。猿曳を稼業として村々を巡る、孤独な旅人に心を寄せての定型詩である。年少にして、このみごとな観照力、語彙の早熟豊富さに舌を巻かざるを得ない。

運転手

繕へる紙黄に燻べて
春日は硝子の戸ごし

一枚の桜に射して
　石油の燻ぶる香り――
　　印刷機《ロール》いま運動《うごき》はじめぬ
　　　火の消えし煙管啣へて
　　　　紙差せば黒き顔せる
　　　紙整《かみとり》手のたかラッパ節――。

膩染む日に焼けし顔
　継綴の労働服を
　印肉《インキ》はた油にけがれ
　　黒光る運転手よ――
　　　みちみつる諸油《あぶら》の悪臭《にほひ》
　　世をへだつ工場の裡に
　喘ぎつゝ糧と闘ひ
　　老ほけし運転手よ――。
悲惨なれ一転ごとに
　力沮せ生命を刻む

誰かいふこれ神聖《きよし》とは
　哀れなる駑馬の運命――。
　　妻と子の窶れし面影は
　　苛酷《いらつけ》き生存の鞭か
　　　いつの日に甦ると知らず
　　　　削けし頬のたま　笑みて――。（『ハガキ文学』定期増刊　明治40（1907）・5）

数え十歳から、早くも印刷工場で働いた棹影には、労働現場の様々な哀歓を身近に見聞し、自らもそれを経験した七年間がある。印刷機械を運転する老工員の、厳しい現実をとらえた棹影の鋭い人間観察。増給率の不平等を訴えて受け入れられず、辞職のやむなきに至った彼が、一行〳〵に万感を込めて書いたと思われ、社会派の趣を持つ、生活反映の詩である。

「夕の記」

甍にうつる夕焼けの、黄金の鱗ひらめかし、白き木蓮みな西をむいて輝くさま、げに荘厳なる美観は夕にもある哉。陰々として森をなし毿々として林をなす百本の杉、これやこれわが氏神のみ社の庭、くらき影おほいて建てる一宇、稲荷堂の亜字欄にもたれわれはしも深き深き冥想に耽りぬ。

人世百般の事すべて不平なりとも我は毫も悲観するものにあらざりき。蹉跎沈落、誰か運命と言ふものぞ、人世の浮き沈みこれ運命なりや、然り是を運命といふ大に佳し。さあれ吁嗚許なるは人なる哉。自らつとめず事ならざれば、すなはち運命を言ひ、事わづかに成るともおのが技のおぞましきよりほろびんとすれば運命を言ふ。吁嗚許なるは人なんめり。古の名匠の市井にかくれたるは運命にはあらざりき。彼は自ら出でざりしなり。人は練磨すれば技に於て有る限りの妙智を現すことを得。わが力以上の事をなさんとするは無謀なり。さらばつとめむ、たゞ勉めむなり。

運命なる語は遂にわが青年者が厭世悲観の醸造者なりき。世に運命なるもの無しと思はゞ人は安し。敗れて事を運命に托するは余りに人は嗚許なるよ。かゝるはわが日毎の冥想なりや、否、まことを言へば我は自らかゝる問題を作り、我境遇を誤られんとせしなりき。

はかなきものよ、見ずや、金輪今や奈落に沈んで栄はわが冥想の束の間なりき。父在ます方か、み空の西は雲幾重にも流れ、薄きシルバー色を帯びたるオレンヂ灰汁色より浅黄色、濃藍色、鳶色鼠など、恋説く深紅は消ゆるにはやく黄昏れかゝる森の北あたり、一塊の薔薇色ぞ浮びて軽ら、我に詩の才も無くペンを噛んで徒に渇望に委せし夕雲の思出多きたゞすまい哉。

父逝きませしは幼き折、母のみ手に夕雲の彼方ぞ父が安らひ給ふ宮と指され、今も何となく仰がるゝ西の空子供気失せぬ十七のわれの病的と呼ばるゝもあはれ、父なきはそれや不幸の極みなりき。胸は乱れぬ。首打振りてわれは堂をくだり森の中を通り拝殿の石段を五ツ、われは俯して熱誠の祈をさゝげぬ。

われは境遇を恃まず、たゞ堅き信仰はわが求めざる所を与ふならむとの信念に依り、今日も氏神の霊前に禱を捧げしなりき。

痩せし頬にさむき杜鵑の声、かへりみれば瀉さして翔ける五位鷺の翼に靄ゆれて、我影はくらく空は鈍色、段を踏む音は神秘の鑰をや下にひめたらむ。青葉濃深の森は影のごと、かくて我は神苑を罷らんとすなり。

（『中学生』明治39（1906）・7）

主に旧中学生世代を対象とした雑誌『中学生』に掲載されたこの小品文には、早くに父と死別した彼の心境が綴られており、一語〳〵に込めた少年棹影の健気な決意が胸を打つ。

評言欄には、「吾子が手に成れる文としては、評者の知る限りに於て、未だ曾て斯くの如く能く整ひたるものを見ず、勉励の依つて然らしめし所か！　驚くべき進歩と云ふべし。」とあり、評者（同誌編集局）が最大の賛辞で棹影を励ましたのも、むべなるかなと思われる。

この「夕の記」は上田正行氏の調査によって見出された。文中に見える「（数え）十七のわれ」に注目した上田氏は、棹影の生年月日（明治24・1・26）を或は前年暮れの生まれかも知れず「三十九年十七歳説は一考の余地あるのでは」（「表棹影の作品とその意味」『金沢大学国語国文』1988）と提言された。それに関連し過日偶然目にした証記録について後述したい。

わずか十歳で労働の現場へ

夭折した表棹影の実像は、新保千代子氏が『室生犀星ききがき抄』（角川書店　1962）に、左記「表棹影のこと」の一項を立て、いち早く考証されたのをきっかけにその後、作品の発見や周辺の状況把握が重ねられ、次第に明らかとなってきている。

表棹影の存在は、犀星にとって、単に「出世作のモデルと作者の関係」といってはすまされないものがある。短歌、詩、小説に示した棹影の才幹は、つねに犀星を刺戟した。そしてこの早熟な天才児、表棹影の生涯そのものが、少年犀星の傷みやすい心をゆすり、犀星の前に人生の詩と真実をうち展いてみせたといえる。（略）表棹影は、金沢市西町四番丁七番地、表清作の長男で、本名を作太郎といった。（略）明治二十四年一月二十六日の生れ、犀星より二年年少である。明治三十三年、父の死に遭い、母やよと、姉きくに、当時九歳の作太郎と弟友吉が後に遺った。友吉はすでに荒川家に養子縁組がきまっていたから、身軽になった母は他家へ手伝いに雇われて働き、十五歳のきくは、けなげに髪結いの梳き子に住みこんだ。いつも孤独に、家の中にとり残されて育った作太郎は、からだが弱く「表は大柄なのに似合はない可愛い円い頬をして、あまり饒舌《しゃべ》らない人であつた」と犀星は「性に眼覚める頃」の中で書いている。

ませて才はじけたところのある、文学好きな少年に育った。高岡町の明治印刷に文撰工に入ったのも、どうせ働くのなら活字をいじってみたいと思ったのだが、長つづきしなかった。身体も弱かったが、はたらくことも嫌いだった。それに、彼の文学志望を知った働き者の姉は、一人前の髪結いにもなったし、一家の夢を頭の良い弟一人にかけて、彼女の方から頼むようにして、棹影を詩や小説の世界に遊ばせておくことにした。二つ違いの年齢の差は、まったく逆で棹影は何かにつけて犀星の先輩であった。十六、七歳の頃から恋の遍歴をかさね、人妻との経験まで犀星に語ったが、嘘や作り話とも思われなかった。

気短かに、生涯を燃えつくしていったそのさまは、彼の文学にも共通して見られた。したたるような情感を感じさせる短歌や詩、小説の老巧はとても犀星の及ぶところではなかった。

尾山篤二郎、田辺孝次、室生犀星らが棹影の家に集り二葉会、北辰詩社等の短歌会をもった。野村という化粧品雑貨の卸問屋の坊ちゃんがグループに入りたがり、店の品物を持ち出して、歌会の賞品にあてた。安江卯三郎という小僧が、風呂敷で背負って運んできた。後日譚に成るが、棹影の亡くなった後、この詩も歌もわからない、賞品を背負ってきた卯三郎が、棹影の姉きくの年下の夫となり、表家をついだ。（略）

（『室生犀星ききがき抄』「性に眼覚める頃・表棹影のこと」）

第三者による個人の戸籍閲覧が可能だった時代で、ここには小説「性に眼覚める頃」「詩友の事」などの棹影像をもとに、生年月日や経歴、家庭環境など棹影に関する基礎情報が、著者の推測もまじえて幾分主情的に述べられている。わずか九歳で父を失い、母、姉、幼弟の四人家族の暮らしが容易でなかったことは想像に難くない。棹影自身の修学状況はここに書かれていないが、明治三十二年三月、金沢市立尋常科西町小学校（三年制）を卒業したことが、先頃、通学区域の小学校名簿を調べていて分かった。また明治三十三年十月、父清作死去の後、数え十歳で印刷会社（規模は北陸一）に勤め、文撰工として七年間勤続したことも、後日発見の棹影日記によって明らかとなった。

幼少時から書物に親しみ、仕事柄活字の世界に生きた彼が、自らの夢を文学に賭けたのも無理はない。それに我慢強い努力型であることが先の小品文からもうかがえる。

不遇な生い立ちをバネに自らの才能を信じ努力を怠らなかった犀星と、棹影両者の育った環境の厳しさは、おおむね同等だったと言っても過言ではない。もっとも、犀星が職場では良き上司に恵まれ俳句の世界に導かれたのに比べ、棹影の方は後年、増給の不平等を訴えて容れられず、ついに退社に至る（日記にあり）など、憤懣と無念の思いをかみしめざるを得なかったことは、かえすがえすも残念でならない。

長生して業績を積み、志を果たした室生犀星と、若くして天才の片鱗を放ちながらも、志半ばに散った表棹影。そんな棹影のことを、十七歳で小説『肉体の悪魔』を書き、二十歳で急死したフランスの天才作家レィモン・ラディゲ（1903～1923）にたとえて「金沢のラディゲ」（新保千代子『室生犀星ききがき抄』）、あるいは「ひよっとして日本のラディゲかも」（上田正行「表棹影の作品とその意味」）と称せられたのも、決して大袈裟ではなかった。彼の個性に喩うべき人物が、そう簡単にいないということの証しのようにも思えて、むしろ痛快でさえある。

そのラディゲに先立つこと十数年、わが「日本のラディゲ」はもちろん十三歳年下のラディゲを知る由もなく、結核を病んで、名声とは無縁に明治四十二（1909）年四月二十八日、北陸の城下町・金沢の片隅でひっそりと世を去ったのだった。

犀星ならずとも、もし「かれがゐたら」の思いが、いまも頭をよぎることしきりである。

いま、ふるさとの市街を見渡す金沢・野田山の墓地に、奇しくもわずか数十メートルの近さで眠っている犀星と棹影の魂は、快い松籟の中、何を語り合っているのだろうか。

検証二題

――棹影の実年齢・「お玉さん」の真実

棹影は犀星の二歳下ではなく、八ヶ月ちがい？

明治維新後の金沢では、旧加賀藩時代の寺子屋や集学所を引き継いだ多くの小学校での初等教育が早くから浸透した。明治十九（1886）年の学校令義務教育実施に併せ、それら小学校の統廃合が進められ、表棹影のいた西町には新しい小学校が設置された。明治二十一（1888）年、それまでの尋常科松ケ枝小学校および尋常科大手町小学校が廃され、両校を合併した「尋常科西町小学校」並びに「簡易科西町小学校」がそれで、西町四番丁七八番地に同年六月一日、開校となった。

棹影はこの「尋常科西町小学校」に、明治二十九年四月に入学している。同校はその後、廃校・合併などに伴う校名変更を経て、現在の「金沢市立中央小学校」（金沢市長町1丁目10―35）に統合継続され、いまも後輩児童の元気に学び遊ぶ姿が見られる。平成十二年、同校の元校長・山田二郎氏のご協力で同校に保管されている「修業證書原簿」を見せて頂くことができた。同原簿には、明治二十五年三月以降の各学年の修了年月と修了者名が、当時まだ学制が徹底されない一年ごとの修了証明の形で残されていた。

表作太郎（棹影本名）についても、「明治三十年三月　第一学年」「明治三十一年三月　第二学年」「明治三十二年三月　第三学年」と、それぞれ修了学年別に記されてあった。学業成績や出欠状況などの記録は残されていない由で、明治三十三年「小学校令」の改定によって、尋常小学校は四年制に統一され、それまであった一部三年制は廃止されたという。つまり棹影は、この三年制尋常小学校最後の卒業生だったことが、同校の原簿で明らかになったのだった。

そして驚いたことには、第三学年修了の児童氏名の下に設けられた「生年月」の、表作太郎の欄は「二三年四月」と書き込まれているのだった。戸籍上は「明治二四年一月二十六日生れ」である。この九ヵ月の差は、何を意味するのだろうか。山田氏と小路晃男校長によれば、原簿は正確を期しており、誤記は考えられないとのことだった。ちなみに作太郎と同期卒業生の生年月の欄には、「明治二二年」と「明治二三年」が最も多く、「明治二一年」が二人例外的に見られたが、明治二四年生まれの児童は皆無であった。満六歳入学制であり、棹影の同二十九年入学の事実と考え合わせれば、「二十三年」生まれの方が自然で、理にかなっていると言える。

棹影が明治二十三年四月生まれならば、犀星（明治22・8・1生）や尾山篤二郎（同22・12・15生）とは四ヶ月間隔の、ほとんど同年に近い。「犀星より二歳下」という定説が、かなり違ったものとなろう。出生届が、新生児の生育状況を考慮して誕生日を後にずらしてなされる例も少なくなかったという、当時の習慣と関係があるかもしれない。

犀星の『童笛吹《わらべふえふ》けども』の中にも、明治三十九年夏、友人の紫總に棹影のことを尋ねたところ、「表といふ男は印刷職工で十七くらゐであらう」と答える場面があり、先述の上田氏の「明治三十九年(数え)十七歳」説はいっそう真実味を増したように思えてならない。

犀星作品と異なる「お玉さん」一児の母の真実

余談ながら、作中の棹影の恋人お玉さんについても次のことが分かり、驚いている。

『室生犀星ききがき抄』(前述・項目「おたまのこと」)によれば、「お玉さん」は、その頃金沢の名園兼六園の中にあった掛茶屋「松涛亭」の主人柿田久太郎の養女・釧《たま》がモデルで、わずか十六歳の短い生涯を閉じている。釧は明治二十六年五月二十七日、寡祿士族の次女として生まれ、同二十八年(5月14日)柿田家入籍、同四十三年三月二十二日死亡した。

「性に眼覚める頃」の終章は「あの恐ろしい病気がもうかの女に現はれはじめた」と彼女の死を予感させ、新保千代子氏も「棹影の病気が、おたまの肉体をも滅ぼしたのであった。」と明記し、釧の死因を棹影からの結核感染によるものとされている。

平成十二年二月、柿田家の墓がある林幽寺（金沢市弥生一丁目・浄土真宗）住職藤渓了天氏のご配慮で、柿田家の現当主柿田重雄氏（大正9年生）にお話を聞く機会を得た。氏が持参された古い手書きの戸籍謄本（戸主柿田久太郎）によれば、釧の生年月日や柿田家入籍、死亡日などは前述の通りだったが、続く2ページ目に「明治四十三年二月二十八日出生　孫・久男」とあり、同欄の「母柿田釧　男」と記してあるのに思わず目を引かれた。

柿田久太郎（安政元年2月13日生まれ）
＝八重（元治元年2月28日生まれ）
　釧 養女（明治26年5月27日生まれ　明治43年3月22日死去）
　＝仁八（明治16年11月29日生まれ・明治41年入籍　明治42年4月27日除籍）
　　久男（明治43年2月28日生まれ　明治43年6月27日死去）

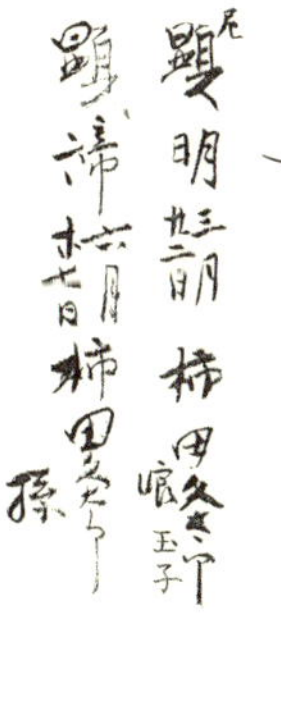

釧は婿養子を迎えて男児を産み、何とその三週間後に十六年十ヵ月の短い生涯を終えたのだった。ともあれ彼女は病死ではなく、健康な母体を持ちながら、若すぎる出産の無理か、あるいは当時の衛生事情（産褥熱など）のため死亡したことが考えられる。生まれた嬰児も母乳の不足か、母の後を追うように六月二十七日、哀れ生後四ヵ月の命を終え、母子とも林幽寺内に手厚く葬られていた。早くに実父母

と別れ、養家の茶屋を手伝って過ごし、十六歳で子を生したことも、当時としては必ずしも珍しくなかったろうが、子に思いを遺しながら亡くなった釧の心中は如何ばかりだったろう。寺の過去帳には法名の下に「柿田久太郎娘玉子」「柿田久太郎孫」と記され、養父母の悲嘆と深い慈しみがしのばれるひとこまであった。

犀星はこれらの事実を承知していただろうか。二人の若い友を相次いで失ったことの衝撃は大きかったにちがいない。奇しくも棹影の死から一年に満たない彼女の死を耳にして、犀星は声もなかったろう。すでに裁判所を退職し、ひたすら上京（明治43・5）の思いをつのらせていた犀星にとって、詳しい経緯は知る由もなかったろうけれど――。

重雄氏は、昭和三十年代初め取材のため柿田家を訪れた新保氏から「お玉さんは犀星の恋人と聞き、表棹影の名は今（平成12年）初めて知りました」と語り、感慨深げであった。

表棹影（明治39～40年頃）

毎日、裁判所への行き帰りに公園を通った犀星が、茶屋のお玉さんを見染め、棹影も犀星に誘われ、散歩がてら時々彼女の店に休んだというのが真実かも知れず、そんな淡い関係を大きく脚色し、微妙な虚構世界を描き出した小説家・室生犀星の手腕が光っている。

地下の棹影も、きっと苦笑いしているのではないだろうか。

棹影が学んだ尋常科西町小学校（明治21年開校）
（金沢市立松ヶ枝小学校『創立百周年記念誌』昭和47年３月）

釧の眠る柿田家墓（金沢市弥生１丁目・林幽寺）

野田山の表棹影墓。父清作没後明治39年７月に棹影（作太郎）が建てたもの。甥の荒川宏氏が元の場所から現在の荒川家墓地に移した。

表棹影日記「まだ見ぬ君え」

―一世紀ぶりに現れた存在証明

二十世紀もいよいよ掉尾となった平成十二（2000）年の一月、表棹影自筆の日記が忽然と私たちの前にあらわれ、多くの人を驚かせたことは、いまだ記憶にあたらしい。日記は、栃木県足利市に住む表家で改築のための道具整理の際見つかったもので、棹影の甥にあたる荒川宏氏（棹影実弟荒川友吉氏長男・金沢市在住）によって公開された。公開に先立ち、氏のご好意で数人の方たちと共に、その日記帳を直接拝見する機会を得た。

九十余年という長い歳月を家蔵深く眠っていた日記帳である。関東大震災や太平洋戦争など、大きな歴史の惨禍からも運よく守られ、西暦二〇〇〇年の現代に突如、奇跡のようによみがえったそこには、やはり不思議な「いのち」が宿っているように思えてならなかった。

黒い羅紗紙を表紙に、天地にも黒の塗料が掛けられた外観は全体に渋く、どこか垢抜けた印象があった。A5判、厚さ約1センチ、横書き形式の日記帳は、恐らく当時ではまだ珍しかったにちがいない。「夭折の天才少年・表棹影」という一般の概念を一歩進めて、その心の内側を窺うことの厳粛さに思わず襟を正したのも、肉筆の持つ迫力であろうか。

冒頭に「まだ見ぬ君え」という一文が付され、明治四十（1907）年元日から同年四月十四日まで、全一〇四日の内八十五日分が、約百三十ページにわたり濃紺のインクで几帳面に書き記されていた。元来一日の出来事や思うことを気ままに記す日記に、本人の部分的な加筆以外、書き損じや訂正箇所がほとんど見られないことが、まず印象的だった。また、難しい漢字が多出し、棹影の漢文字に対する造詣の深さに驚きを禁じ得なかった。そこに少しの衒いも感じさせないのは、表現が内容にかなっているからだと思われた。

〝まだ見ぬ君え〟

こはわが運命の賦なり、こはわが青春の歴史なり。こは我家庭に対する観念なり、こは而して吾が苦闘の壱日を葬りし弔鐘の声なり。興も無き冗文字とのたまふか？
もとより才もなき身にしあれば、文に珍重すべき綾もなく、世に売らむ奇警なる事実もなし。一と日の暮を撞く鐘と、ともに過去の暗黒に葬らるべき吾が平凡なるライフの記よ。

野に花咲きて地は春なり、山緑して天は夏なり。満目蕭條、衣手吹く風は秋の輓歌を伝えて、月の白きは地に凝て冬は来る。歳々不渝の此間に生存して、わけて才無き子にあれば深くは尤め玉はざれ。訣ねるものにはあらずぞかし。

たゞ、君が生涯の、淋しき時、悲しき時、こをとりいでゝ見給はゞ、そのあいだ、或は消極的なる、神経的なる、瞑想的なる、或は狂熱的なる、また一面、楽天的なる、向上的なる、光明的なる、はたローマンチックなど複雑なるわが性格の片影を認め玉はゞ、わが心足らへりとせん。

久しき憧憬よ。世は虚偽なり！　萬人は買はずもあれ。あゝ、君ゆゑにこそ詩歌に栄はあれ。そよすべては君が賜なりき。世は虚偽なり！　同情なる語は遂にこれがために誤られむ。

わすられ勝の世にありて、日々わが名を書くひとりなる君に奉る。

１９０７・１・１　　棹　影

文字通り、まだ出会わぬ「君」なる人への語りかけである。文中「君が生涯の、淋しき時、悲しき時、こをとりいでゝ見給はゞ」とは、むしろ自らの淋しさ悲しさを見つめ、真の慰謝を求めて揺れる彼の心情告白でもあろうか。それにしても、何と平静で健気な十七歳であろう。日記全体をここに凝縮したような、みごとな自己分析と真情こもる行文。棹影その人の意気込みと静かな覚悟が伝わってくるようで、哀惜の思いを禁じ得ない。

明治期の多感な（苦悩の）青春記録として、十七歳の石川啄木日記初編「秋韷笛語《しゅうらくてきご》」（明治35年10月30日の出郷から始まる在京50日間の日記）にも比肩し得るのではないだろうか。「秋韷笛語」の「序」は「運命の神は常に天外より落ち来つて人生の進路を左右す」と書き出され、

惟ふに人の人として価あるは其宇宙的存在の価値を自覚するに帰因す。人類天賦の使命はかの諸実在則の範に屈従し又は自ら造れる社会のために左右せらるるが如き盲目的薄弱の者に非ず。宜しく自己の信念に精進して大宇宙に合体すべく心霊の十全なる発露を遂ぐべき也。（後略）

と格調高い理想主義を掲げる。文中に交錯する少年の日の自負とやせ我慢が、波瀾に充ちた啄木の生涯を象徴するかのように――。それから五年後、啄木と同じ数え十七歳の棹影の日記「まだ見ぬ君え」の掬すべき清新さと高揚感もまた、啄木日記に劣らず得難いものに思われる。

浮かび上がる人間表棹影

日記は明治四十（1907）年元旦、氏神（尾崎神社）に一年の幸福を祈り、一家四人（母・姉・棹影・弟）が揃って雑煮で祝う正月の平穏な生活点景から書き起こされている。尾崎神社（通称東照権現）は加賀藩主・四代前田光高が造営した社で、もとは金沢城内北ノ丸にあったが明治維新後、程近い西町に移築された。棹影の家から左へ十数メートルの所に正門があり、彼はよくここを訪れ、散歩や物思いにふけったことを書き記している。

やがて、尾山茢萱（篤二郎）、紫總、翅紅、室生犀星、安江卯三郎ら市内文学仲間との交流、市内に数ある芝居小屋や酒場への出入りも詳記されている。読んだもの見たものについての感想、職場（明治印刷）での感慨と挫折感、日常生活や長男としての家族への思い、健康や将来への不安、中央文壇への関心、結婚観、交際していた女性との別れ、実らぬ片恋など、内容は多岐にわたり、日記だから当然とはいえ、そこにありのままの人間表棹影の姿が浮かび上がってくる。

読み通して何より印象的だったのは、十代とは思えないほどの彼の冷静さと包容力、人間としての誠実さ、絶望しない天性の明るさ、義侠心にも似た他者への心配りとつきあいのよさである。その一方での満たされぬ想い。前年暮に結成され、低調に終わった短歌結社「二葉会」例会へ、リーダー格の茹萱を支えて初回から第五回まで欠かさず出席したのは、棹影のみという彼の律儀さ。二月一日、吹きつける粉吹雪をものともせず駅頭に駆けつけて、出郷する翅紅を激励し、ただ一人別盃で見送ったのも、他ならぬ棹影だった。

雑誌『中学生』一年分を気前よく安江に譲ったという二月十二日の記述も、小間物問屋に働きながら文学の道をめざす安江へのさりげない励ましであったろうか。翌日、安江が郷土出身の流行作家・泉鏡花の新作『愛火』（明治39・12刊）を持ち来るのも、そんな棹影の気質に惹かれての自然の行為だったと推測される。その『愛火』の梗概を、棹影は日記帳6ページ（2・16）を割いて念入りに書き記し、最後に「化物こそ出ないが氏はどこまでも所謂鏡花臭味より脱けることがないとみえる。現今作家中、漱石、藤村、獨歩、葵山人の諸氏が清新を以て売れるに際し、氏の此の著があまり世評に上らぬのを思ふて、自分は成功の夢をみたる氏を弔らはざるを得ぬ。此の一篇は脚本に書かれたが、慾は矢張り氏が文章の妙を味ひたかつた」と的確冷静な批評を下し、郷里の先輩にエールを送っているのも注目に値しよう。

増給率をめぐる不満から自分が会社を辞めたその日、傷心の自分よりも、家出して棹影を頼ってきた安江の方を気遣い、弟を探しにきた彼の姉に、友の身を案じて諭すくだり（3・4）も心情がこもって、嫌味がない。ちなみにこの安江卯三郎は棹影の死後、姉きくに婿入りし、表家を継いだ。後に写真技術を習得し、栃木県足利市で写真館を開業。家系は現在に至り、日記は同家で発見された。卯三郎は、互いに働きながら文学を語り合う仲間として、棹影の最も身近な理解者ではなかったろうか。

以前、すれ違いざま「まさに喧嘩の花を咲かさうとして、睨み別れとなつた」渡世人風の男が突然、棹影を訪ねてくると「マア這入れ」と招じ入れ、夕方まで話し込んだ（3・7）という彼の気さくな一面も興味深い。また、尾山（篤二郎）に頼まれて猛烈な吹雪の中を行先まで同道し、そこで帰宅しようと思ったが「三本足（尾山は隻脚、松葉杖使用）の子を雪道に一人やる訳にもゆかぬ」と、さらに遠くまで送ってゆく（3・2）などなど。思うに、それらはみな、自分の都合より他への配慮が優先しているのだった。しかも自らの病身をおして……。

尾崎神社の栂の木に自らの思いを

尾崎神社境内の栂の木がお気に入りである。栂の木に寄りかかり、ひとり空想を恣にする彼は、時に「われを知る信の友あらざるをおもひては涙はおのづから頰につたふ身だ」（3・7）と、心細く寂しい心中を木に語りかけている。

近所へ琴を習いに来ている姉妹への片想いも、いじらしい。声を掛ける勇気もなく、遠くから見送るだけ（4・8）の彼の純情に、複雑な思いがよぎる。

職を失った棹影を案じていろいろ意見する母や姉らとの衝突も一度ならず。婚期を逸した姉のことを「姉は自分に比して母思ひ兄弟思ひである……花なる春を惜しげもなく自分等のために稼いで今日までできたのだ。実に意志の堅固な女性である。然し自分とは……時に感情の衝突を免れぬのである。」（1・28）と、心の中で詫びていたのだった。

その姉と共に能登羽咋郡南大海村の伯母の家に、足掛け一週間滞在（3・12〜18）し、村人の暮らしに触れ、手紙の代筆、里謡の収集、水彩画などを楽しんだ平穏なひととき。恐らくこのあとも訪れることのなかった貴重な日々だったろう。小説「作男の政」（明治41・5『文庫』）にはこの旧家が背景として生きている。

彼岸中日、犀星を訪ねたところ「先生近ごろエビシデ（英語）を始めたとか」（3・22）若き日の犀星が英語を学んだという、思いがけないひとこまが書き込まれている。犀星との出会いはこの日記の前年のことで、犀星の『童笛を吹けども』（1948・5）には次のように書かれている。

第二号発行前に集まつた原稿のなかに（略）一聯の原稿を見て、ぎょつとしたのである。それは他の原稿と全然違つた巧さに、あふれるばかりの文字のゆたかさを持つてゐた（略）私はこんなうまい奴もゐたのかと、その表棹影といふ男は何をしてゐる人で幾つくらゐかと、紫總にたづねて見た。この表といふ男は印刷職工でいま明治印刷といふ会社に勤めてゐるが、十七くらゐであらうと彼は答へた。私はその表に紹介して貰ふやうに頼み、彼の原稿を特別の欄におさめた。勿論、私も含めて彼のそばにも近付けない程、中央文壇に出しても羞かしくない原稿であつた。（略）私のやうな泥くさい田舎者にまねの出来ないものがあつた。

明治三十九（１９０６）年の夏、数え十八歳の犀星がふるさと金沢で同人誌『響峰』を編集していたとき、同誌の第二号に原稿を寄せてきた棹影の非凡な才能への驚きが語られ、「性に眼覚める頃」とは逆に、犀星の方から棹影を訪ねていった経緯が明かされている。翌年、五号で廃刊となった同誌のそこに至る事情の一端が、棹影の日記にも窺われて興味深い。「（苅萱子－尾山篤二郎が）犀星子と衝突の結果、響峰は支離滅裂となつて、今後は犀星子が単独経営をやると。苦々しいことぢや哩。チヨッ、小人輩が。」（1・18）と、なかなか手厳しい。

棹影の日記に見る限り、犀星と棹影が実際に顔を合わせているのは十三回。歌会の三回を除くと、棹影の方から犀星を訪ねたのが九回と圧倒的に多い。逆に犀星が棹影を訪ねていくのは一回のみ。それは二月十六日のことで、「犀星子と天領子が遅くやつて来た。そして偏屈な犀星が睾丸に火が付いたか、足元から鳥が立つ如に原稿を請求するので歌稿を書いて十一時まで起きてた」と、棹影の語調はどこか素っ気ない。その日も、頭痛と悪寒に悩まされながら、頼まれた原稿を仕上げようと無理な夜更かしをしているのは、これも彼の律儀さであろうか。この段階で体調異変の赤信号に気付いていたら、といまは残念でならない。しかも、翌朝その原稿を犀星の元へ届けるため厳寒の季節、頭痛をおしての外出が病勢をいっそう悪くしたろうことは想像に難くない。

棹影の犀星訪問九回のうち、大いに談じたのはわずかに一回(2・5)で、たいてい犀星は不在または先客がいたりして、棹影は早々に辞去することが多く、年少の遠慮が働いていたのかと察せられる。ともあれ、この時期は「性に眼覚める頃」に描かれた両人の親密さにはまだ至っていないようだ。

棹影は一月下旬に風を引き(1・22)、その後、頭痛や悪寒高熱に苦しむ日が多く、右胸部の痛み(2・4)が加わり、ついに二月二十四日には「咳をして啖を吐くとまた血が交る。二三回にして止む」と、事態の深刻さを垣間見せている。とは言っても、日記で読む限り、本人の日常行動は健常者として変わらず、勤め(明治印刷勤務)の往き帰りに市中を散歩し、芝居見物の習慣に変化はない。

歌留多会などに出た後、深夜の帰宅が続く。肺結核にこれという強力な治療薬のなかった当時、棹影の病気への無防備、油断がもたらした重大な悲劇を痛感せざるを得ない。若い体に病気の進行はいっそうの拍車がかかったことだろう。その上、自分より他者を気遣う彼の気性である。治療費負担からくる家族への遠慮もあったろうか、早期治療を阻んだ諸々の要因を思いやると、かえすがえすも残念でならない。

十歳から印刷会社勤続七年

二月末、賃金増給率の不平等を上司に訴えたが受け入れられず、棹影はついに退社を決意する。「苦闘七歳、贏ち得たるは何ものぞ。我頬痩せて我性陰険となれり。貧なるものは惨なる哉。」（3・4）の記述には、父の没後、数え十歳で入社した明治印刷での七年間を振り返っての、言葉に表し得ない無念が痛いほどに伝わってくる。病身の彼には、これ以後の実働は無理だったとしても。

「性に眼覚める頃」の中の不良少年棹影や、『ききがき抄』に書かれた、怠惰で幾分自己中心的な棹影像とは異なり、その真実は勤勉で公平で、天成の明るさを持つ。

四月十四日を以て終わる日記帳の最後は「一夜、駘蕩の春風」と明るく書き出され、この日、犀川畔蛤坂の月見亭で催された二葉会の「自分（棹影）の壮瞥を兼ね」たという第五回歌会の様子が、和やかで何ともほほえましい。参会者の寄せ書きを「何よりの紀念品と感謝」して受け取り、犀星が持参した銘酒で「互いに健康を祝した」とある。三月末から出郷の準備にかかったと記されているが、仕事を辞めた後の心境を思い合せると無理はないが、果たして棹影は本当に金沢から出たのだろうか。

日記はここで打ち切られており、その後は想像するしかないが、恐らく棹影は病状が進み外出もままならなくなったのではないだろうか。失意の様子が目に浮かび、何とも切ない限りである。それから二か月後、同年六月七日付『北國新聞』紙上の二葉会詠草の茹萱附記には「天馬、浪子、棹影去つて二葉会又落城孤月の観あり」と書かれ、棹影から歌の提出はあったものの、歌会出席はかなわなかった由（笠森勇氏調査）。棹影の心中如何ばかりだったたろう。

しかし彼は持ち前の「楽天的なる、向上的なる、はたローマンチック」な明るさを支えに、この後も大いに健筆を揮った。同じ明治四十年七月、苅萱・尾山篤二郎が中心となり、犀星、棹影、田辺孝次らが相集い、金沢市桜畠九番丁の尾山宅を事務所に「北辰詩社」が誕生。その機関誌『響』創刊号に、棹影は短編「錆」を発表している。翌四十一年十二月発行の同誌第二号の短編「酔生」を絶筆として、棹影は明治四十二（1909）年四月二十八日、満十八歳（明治23年4月生まれなら満19歳）の短い生涯を閉じたのだった。

棹影一家のいた市内西町は、旧金沢城のすぐ西側に位置し、藩政時代は武家の居住地域であり、古地図には「町」でなく「西惣構堀」と表示されている。明治以降は没落士族に代わって他から移り住む人も少なくなかった。表家もあるいはそんな先見性と資力を蓄えて、この市街中心部に住まいした一家なのかもしれない。日記には家屋税納入（3・26）についての記述も見える。思いがけず早くに父を亡くし、九歳の棹影が家からさして遠くない市内高岡町の明治印刷で文選工として働き始めたのも、当時としては一般的な選択肢だったたと思われる。明治印刷は明治十三年創業の、当時は職工一一三名を擁した県下最大の活版印刷会社であり、棹影は勤続七年。詩で労働意識の高揚を謳っているのが注目される。活字への興味や読書を通して、彼が少年期特有の鋭い感性で社会への眼を開き、市内に住む同じ年頃の文学仲間と交わり、活動の場を広げていった様子が彷彿とする。

表棹影日記　―本文

JANUARY

1日

去年の拾遺として二時頃に蕎麦を喰べた。うつら〳〵と二時間ばかり仮寐して覚めれば母は早や雑煮の竈の下を燃やし始め、盛にパチパチ豆殻を焚いて居る。楊子を銜へたまゝ外へ出て見たが、初空はまだ去年の夢よりさめぬらしい。若水で手水を使って六根を浄め、扨て天地四方を拝した。東の夢香山の肩が此の時漸くほんのりして来て、初烏の二三羽が啼いた。初鶏が謳ふた。去年の火をつけた電灯はけゞんな顔で是等のさまを見てゐるのだ。氏神(注)の華表を潜った。階に額づいて一年の幸福を祈った。希望を祈った。神楽は鼕々としていとも荘厳に響く。帰れば一家四人が無事な顔で卓を囲んで雑煮を祝ふた。北國新聞の懸賞小説は遂々撰外ぢやつた。遂々心外ぢやったなんて洒落る所にあらず。翅紅子を訪ひ、大に祝酒を呷った。昼飯も喰はず福助座に初芝居を見た。芸題は〝小栗判官〟の通しで新年の劇として当物だった。九時頃にハネて直ぐ皆ながら紫總子の宅へ坐り込み、腹が空いたので餅を焼き歌留多をとった。あとでトランプを始めたから自分ばかり仲間を外れ、ゴロリ横に肘枕をやった。いつかうとうとするㇳ何か皆がガヤガヤやつてゐる。出し抜かうと謀らんだのだ。遽てゝ飛び起きて鉄瓶を蹴飛ばし、大笑となり。凍る様な河風に吹かれながら片町へ来ると各店は初売を始めて、赤い球灯と華やかなランプの光とが市に景気付けた。往き来るこの人が織る如だ。……

終に本年の勅題〝新年の松〟をかしこみ拙作一首、

〝淡雪は雛鶴いこふさまににて
　　初霞しぬ松さかる国〟

（注）氏神は近くの尾崎神社。一六四三年加賀四代藩主・前田光高（家康の曽孫）が建立。北陸の東照宮と通称された。

2日

宇都宮（注）へ這入たが買ふと思ってたやつが何もない。新聲と早稲田文學を購って福引券を一枚貰ひ、近田へ来て絵葉書をちっとばかり買った。それから一先宅へ帰って炬燵の火を発いて焙った。苅萱子（注）が昨日のうちに二度も来られた相だが、元日から失敬した。〝紫陽花（注）〟を置いて去った。空穂選の短歌が四首載ってゐる。因に今年から空穂門下の紫紘会へ入会したのである。少時してからまた出掛けて絵葉書店を散々素見してやった。好加減にして帰り、床の中で息を安め躰を伸した。ふと眼を醒すと外は絮の如な雪が霏々として降ってゐる。何時だか時計が針を休めてるので判らず。そこへ弟が帰って来る。軍人が二人来る。曰く〝もう十二時だらう……〟と。愕然たり！　弟誇りがに福引景品の盆を示す。方々へ出す絵葉書を書いて出した。東都の鯨洋兄へも出した。

　会社の新年会には出ず、炬燵で寐返って暮らした。晩餐に猪口を五つばかりいったので、すっかり酔っちまひ其侭其後を知らず寐了まった。

（注）宇都宮は書店の名。当時金沢市片町にあった。
　苅萱子とは尾山篤二郎の雅号。紫陽花は窪田空穂主宰の短歌雑誌。

（3日～12日は記載なし）

13日

　氷柱二尺、板廂から下って雪は凍った。水も凍った。梅はまだ蕾が堅い。早咲の方だが寒のさむさには勝てぬと見える哩。常盤木は一葉一葉に水晶の覆ひをして、触れなば玉の膚は破れることだらうと思った。

一日を時待ちに暮らして約束の七時頃に遇ふべき筈の處まで往った。けれどどうしたのか来ない。いくら待っても来ない。雪が降ってるぢやなし、どうしたのだらうと稽えた所がはじまらない。豈夫、手紙が着かぬでも無からうに、什麼したのだらうと……。軈てきたるものは疑惑だ。失敬なッ！　など、確に詭計《ペテン》に掛けられた如な気がする。……けれどもまた思返して帰った。

〝あひみざる、ひと日の胸は情の波、悔の嵐に挑みつらしも〞

〝北国や、氷柱がかけし簾ごし、雉子など吊りし家をみるかな〞

14日

野村(注)に在る野戦砲兵隊まで是非朝の内に面会に来て呉れといふので、弟はもう家に在らず、母も居ないし、姉は繁忙敷いと云ふので僕が行くことになった。鉄の如な堅氷を踏むで出掛けた。辷って顚倒せんとすること幾く度、ポンチの如な図を海老茶(注)に見られながら桜橋へ出たが、急がばまわれの格言を諼れて河縁を伝ふた。新築の家が二三軒建たなと見ながら歩くと雪に足をとられてひっくり返らんとすると前に二抱へもある如な新年の松が嘲笑って居る。新菊橋を渡らうかと思ったが、向ふの阪の峻しいヤツを騎馬の将校の登りゆくのをみてまた旧菊橋の方へ上った。河床は雪を置いて水が僅に其のひまを涓々と流れてゐる。群巒は斑々たる雪の化粧をして重畳たり。薪を負ふて駄馬を牽いた村夫が河岸を伝ふてくるなど殆ど画趣に充ち充ちてゐる。

汗ばみながら漸々のことで目的の箇所まで達したが新兵のこととて八時半には演習に出て了ふので、時は今九時である。マサカ午砲(注)まで待つ暢気もできないで、中隊の事務室へ用を預け帰った。松の枝から雪が頻りに落ちてソフトの縁を擲つ。満目皚々たる練兵場には一小隊ばかりの騎兵と馬糞を拾ふ鴉群が白色の画紙を点綴してゐる。久しぶりで寺町を下ると種々なものが目につく。それは軍人をめあての靴商、洋服商、古本屋、怪しい飲食店が箆棒に増えたことだ。藪の真中に時計の広告が突立てる奇観もある。久し闊で草月子に会った。厚司姿で古高帽を斜に冠り、躰中糠だらけにし、背に米の叺を負ふた不思議な姿?社会詩人健在なりや。

茹萱子の宅を訪ふて午砲まで居た。連れ立て帰り、茹萱子の意匠で書斎の改革をやらかした。泰西名画の壁の腰張りとは無類の贅沢?

野村君を訪問し、三人で活文堂へ押し掛け、醫峰を誂らえて帰った。夕飯後、紙舗へ罷越し色紙を購って、其足でそこらを散歩した。今宵は年越しといふので、彼処も此処も歌留多に賑ふて、若い女のさゞめき声が外へ洩れて〝ものや思ふと……〟〝恋ぞつもりて……〟など互に胸に一物を貯えてる如な声で盛にやってゐる。手を焼く連中もあるだらう哩。自分は寂しく孤灯の下に薄命の詩人、横瀬夜雨さんの〝花守日記〟に興をやった。

(注) 野村は現在の市内野田町辺にあった陸軍練兵場。海老茶は袴の色で女学生の意。午砲は正午の号砲。

15日

パチパチ物音がする。起きて流元へゆくと、窓ごしに煙濛々と立つのが見える。……驚く勿れ、乞ふ駭く勿れ。それは尾崎神社の境内でお正月の餝り物を焚いてるのだ。乃ち参議帳である。壱年中の行楽中殊に待たれるお正月は済んだのである。鳥渡参詣して帰った。一日翅紅子が遊びに来て居た。午過ぎだ、案内を請ふものがあるから出て見ると、意外！ 幼馴染の〝昔隣に住て居た〟高瀬の娘だ。商業学校の教授の細君になったといふ話をきいていたがみれば丸髷姿の嫂婷とコートの恰好が好い。何だか変なもので小説的感想が喚起された。殊に彼が言葉がマルで遠く国を放れて居たものが十年振りにでも帰ってきたやうだから……。夕方福助座へ往った。帰途付合でツマラヌ所へ入り込み一時過に密に帰った。慚愧身を責めて多く書くに忍びぬ。福助座で照さむに偶た。種々話したいこともあったが、何をいっても人寄な所だから徒らに気ばかり揉めて、遂に本意無う別れた。

16日

睡眠不足の眼を擦りながら起きた。上阪した母からも弟からも何の便がない。一体什麼したものだらう。待てど暮らせど来ぬ。もう（かれ）これ出てから十日近くになるに、奈何に郵便物が延滞するからとてあんまりだ。雪が溶けて路は泥濘となった。屋根からは樋を伝ふて落つる水音が微妙な音を立ててゐる。

頭が何となく朦朧として、気力は完く沮喪《デプレス》された如だ。

帰ると一葉のハガキが着いてゐる。然し母からでも弟からでもない。八野の伯父さんが予て病気だとは聞いてゐたが、見舞もせぬ内に哀れや訃音は伝へて我手にきた。人生如露如電の譬でまことに哀感を久しうした。悔ひて思ふらく、誰かゞ終焉の際に言った〝為すべきことは其日になせ〟と。此語を痛切に感じた。

新聞を見ると露国の文豪にして世界の文豪たり、露国の一名物にして世界の一名物たる、トルストイ伯は今や病んで危篤なりと。噫、昨年六月にヘンリック、イプセン翁を喪ふた世界の文壇は今又此の杜翁を失ふの不幸に瀕したのである。筆を執っては権門に諛り、勢力に奸謟を弄する等世を挙げて然る時、這の剛骨を失はんとするは幵も何の不幸ぞ。雲たゞ北天に暗く星斗光薄し。北海の狂涛永代の革命を喚んで喉、世は今澆季なり！……。

17日

枯枝槎枒たる中に矗立せる一もとの杉寒げにして、泥の如な雲の塊は銀のさゝべりをつけてゐる。その間からはうすい碧も透いてみえる。降りたそうな空合だ。東都の鯨洋兄から絵はがきが着いた。待兼ねてゐたんだ。が登秋聲の〝おのが縛〟にま《ママ》一人神経質の人物が現はれた。それは某る富豪の妾腹の子で、内気な、神経家の若い音楽家である。這の若い芸術家が不図した動機で、今迄は唯物質美に憧れて居た漣子の心に波瀾を起さしたのである。成行は兎も角、何故秋聲は彼麼性格の変なものを好むのだらう。ヒロインの漣子も、真澄も、芳雄もみんな動もすると巣鴨病院の厄介になりさうな性格の人物だ。たゞ滋野や母や、また真吾などが些と変ってるばかりだ。然しこれが或は秋聲的人物とでも言ふのか知ら。けれど黄金窟の如な際どいものもある。但し余程の旧作か或は代作かも。そこは鉄門容易に覗ふべからずだネ。

新聞を閲ると二名士の訃を伝へてゐる。乃ち英国の杜翁と呼ばれた無政府主義の詩人、オーベロン・ハーバード氏と、一は佛国第一流の批評家ブエルチナン・フルンチエール氏である。曩にスペンサー、アービング等を失ふた英国は今又一人の詩人を失ふた。嚮にゾラを失った佛国は今又一人の大批評家を失ふた。吾人は今両氏の訃に接して言ふ所を知らない。たゞ涙を呑んで、空しく西天を望むのである。今夜で芝居は新年から八度目だ。随分執心なものサ。ハネてから某る家へ招れ歌留多を取った。一座に頗るハイかったビューが交って居て一興だった。一時頃となったので皆なが炬燵で雑児寝をやった。誰かゞクスクス笑ひ出すと皆なが誘れてクスクスやりだす。静まれといふのに密々話をしだす。それでもいつか寝て了って鼻を抓まんでも知らない。

18日

或人が絵はがきを五六枚持てきて呉れた。

思ふ子は夜昼きたりて胸は今や彼ひとり住むべきものゝ如になった。母を思ふとすると情けないかな。擒れのわが心は彼が横暴の鞭に屈撓せざるを得ないのだ。斯ふして自分は夢みる人のやうに日を暮らすのだ。

弟から漸と葉書が届いた。但し十三日に一度出したのだが、まだ書き馴れないため町名を逸して戻ったとのこと。終に〝今では馴れました〟と。可愛ぢゃないか。

苅萱氏がやって来た。犀星氏と衝突の結果、醫峰(注)は文離滅裂となって、今後は犀星氏が単独経営をやると。苦々敷いことぢゃ哩。チヨッ、小人輩が。

向ひの観音堂に萬歳があるので、皆で看た。顔から已に萬歳的にできてゐる老者が滑稽なことを饒舌て衆を笑はしてゐる。苅萱子頻にポエタリーを叫ぶ。あんまりインフルゼンザイさったものでもムらぬて。遅くから尾山座の北村劇を一幕覗いた。バックランドの新調で、俳優も些と華目があるので、初日だったが大に見れた。帰たのは十二時だ。

鼠の奴さん、夜中に出現ましまして今日小包になってきた、勝栗や枝柿の口切をやり玉ふので甚だ恐縮した。

(注)醫峰は地元文学青年の同人誌。

19日

腹の立つ程眠たいのを眼を擦りながら起きて出た。犬が交尾ってゐる。猫の恋ならまだ俳題になるが、犬では全く感服せざるかわり石の一つも投げてやる。海老茶式部通り玉ふ。内山商店に村山晩煙君を訪ふて苅萱子の預り物を渡した。雪はもう大部消えて枯林の隙から斑に残った藁屋根が隠現する。風が洋々として吹き渡って融な萬歳の鼓が聞える。淡紅色の雲が西の天を刷いて、工場の煙筒からさかんに黒煙を吐いてゐる。福助座へ這入り一幕見たきりで出た。腹が滅法空いちまった。マサカ立蕎麦の勇気も出ず、コッソリ皈って寝た。

20日

日曜だ。外套の袖長き新兵、功六級を光らかした将校などが町をぞろぞろ歩いてゐる。

午後から苅萱子宅で（注）二葉会があるので出席したが、失敬にも程があるぢやないか。雨城子も琴柱子も晩煙子も葩外子も浪子も来ぬ。三時……四時になっても来ぬ。遂々オヂヤンとなった。そうび子と犀星子傍に在り、お得意の芸術論や哲学の有がたみを薔薇が説けば犀坊また是に雷同して愚論を吐き、果ては彼等が間に短歌無価値論いで二葉会破壊論出づ。殆ど傍若無人の振舞に主人公も僕も少なからず憤懣した。

雨が降り出た。河縁を沿ふて進むと、模糊たる対岸を、折からの夕雨に、燈籠の数も二箇のみなるさみしき白木の棺を送りゆくが見えて、僧が手に鐘の音はチーン、……余韻をひいて水を渡りくるのである。あゝ何処の誰が葬はるのであらふ、世には骸を錦に包んで白昼送りゆくもあるに、これはまた何といふ、淋しいことだらう。其人必ず臨終の床に瞑目して不完全不公平なる覚醒を喚んだであらう。—あゝ何といふ寂しい悲しい夕であらう。

犀星子と二人で水亭で晩餐を喫し、一壺の酒に陶然として、雨中を馳せかへり、七時近いので其侭約束の場所まで行った。けれど今宵も遂ゝ会へなかった。どんな差支があったかも知らぬが、あんまりだと怨まずには居られぬ。それにしても昊天の無情さよ。会ふべき日としなれば必ず、雨か雪を降らす。咒咀歟、警示歟、はたわが運命を予言して弔ふのではあるまいか。禍哉。忿ってもみたり、諦めてもみたり、八時まで暗い堀端を雨がしぶくをものともせず、跫音あれば耳をたて、傘影あれば睇視し待たが、揚句は待草臥れてトボ(トボ)引返した。

途で辻占売が哀れッぽい声でやってくるので、好奇心といふではないが、何だかそれが亡国の声音、恋を咒ふかくれ魔が声とも思はれるので、一銭を与えて一袋買ひとった。何だか其れが妙に世に功徳を施したやふな、自分の使命を全ふした如な気がして、甦ったやうな神になった。然し胸のうちはなかなか和まむ。疑は鳥の姿して美しき花の種を播いた埴を荒らしてゐる。それを遂ふだけの勇気さえでず、蟲物は今擅に少女を咒ふてゐる。脆かりき！　恋はさながら糠で造った人形の如なものである。男だって恋には弱いものである。しかし女は狡猾だ。むかしエデンにアダム堕したるイブの裔とか。今も世の罪悪を司どるのである。契破られし男はここに定義を下して曰く〝女は親しみて、馴るゝべからず〟と。蓋し肺肝を出でし感詞なり。病める翅紅を途すがら訪ねた。吁、穹に光明の星匿れて地の夜を刻むわが蛩音は冷えてさながらに黄泉の扉を敲つに似たり。雨、咀女の賦の如く、暗は墓場の寂闃の如し。失意の子が足音は重いかな。葉書三枚と照さむにレッターを書いた。

(注) 二葉会は明治39年に結成された地元の短歌結社。

21日

纏綿として少女の忍び泣くやうな雨は万物の新生命を培ふと降る。枇杷の花白し。

散々泥に塗れた秋聲の小説〝黄金窟〟は昨日で漸と終結して霜川(注)の〝鶯屋敷〟が北国紙に出た。兎角の批評は後日のことだが、〝向日葵〟の如な半途で尻切蜻蛉となる奴は今から御免だ。況んや二度のお勤なるに於てをや、だ。

十二月の新声を漸と取り出して読むだ。車前草社(注)の詩稿なべて振はず。詩壇に泡沫の〝鈴虫の歌〟誦すべし。三木露風の歌、三誦飽かず。夕暮、春波の美文また読むべし。

今夜は誰も来ず、外へも出ず。真面目に机の前に坐った。日記のペンの余瀝に詩を作りかけてみた。

寒念仏がカンカン鉦を敲いてきた。哄、偽信仰者、哄、乞食坊主。ああ世を誤るものは汝なるかな。不快な鉦の音はますます聞こえて止まぬ。
（注）三島霜川は、富山県出身の小説家。車前草社は、尾上紫舟、前田夕暮、若山牧水らの短歌結社。

22日
お饅頭を貰って泣き止む子供の如な空だ。風邪をひいて水洟がでること夥しい。自分の視官の感覚はこのごろますます自然に接する様になった。西の空に黒雲は火山の如な形をして落暉の赫耀を蔽ふてゐる。泥の如な截々雲が天の所々に屯ろして牢乎動かず。柳を嬲る夕風は地の万象を吹いて、疫病の猖獗する村の夜の如な感がする。裲襠がヒラヒラすると大粒の雨がパラパラ……。
苅萱子がやって来た。相渝らずの気焔当るべからず、雑誌の事に付いてや、人物の月旦などをやって八時過ぎ帰った。興がゆく侭筆を執り紙を舒べ、〝ふるさと〟の詩を書いた。苦吟拾二時頃に及びランプの油竭く。姉は前に寐てゐるのだ。広くもない家だが、二人限りと思ふと何だか淋しく、人憶しくなる。

23日
うすい日光が丈の高い生垣にひっかかってゐる蜜柑の皮に射してゐる。二三日前から不図眼についで何だか気になって堪らない。いっそのこと詩化してやろうと頭を働かしても旨くゆかない。自分は0に倚て嘆息した。いつの日か餓えたる鳥が来って浚ってゆくことだろう。大寒だといふになんと云ふ暖いことだらう。温いも好いが過ぎては農作物に障るからと(老)婆心も起してみた。空は水浅黄のいった如な色で樺色の塊が浮いてゐる。夕の扉に立って弟を想ひ涙含むだ。晡れて了ふと濃霧が罩めた如な不穏な色の天地となった。間もなく城頭の胡桃や桧が、ゴツゴーと鳴り出した。天涯の星宿も吹き墜すやうな音だ。霎時すると雨が添ふた。それからといふものは或は霰の如な音がして板廂を撲つかと思ふと、蟷と止んで仄々月が現れたり、荒まじく吹いてくると思ふと暗闇となったり、いわゆる木枯月夜なるものだ。福助座の〝佐賀の猫騒動〟を観て帰途雨をうれいつゝ歩むうち穹は廓然として広らけたやう、月が冴え冴えしてきて、乳のやうに流れたいく叢雲のなかに星がぽっちり、またぽっちり生れた。
夢の宮にきたる子は誰ぞ。窓外疎影孤として暗香月に浮動す。思ひ寐は辛らきもの哉。

24日
朝寝したもんだから姉は疾くの先に飯を済して、自分が起き出た頃はもう外出しやうとしてゐる。朝暾が赫耀として冬構した蜜柑の樹に射てゐる。犬が喧しい。

情を制するといふことは辛いものだ。情は脆いが然し執拗だ。理性の鞭は克く是を制し、是を拘束するといへども、倏ち脱縛し、忽ち氾濫する。いかに苛酷な理性といへども、是をどうすることができぬ。挑めば則ち倒る。しかし情は涙を流して猶勝利を叫ぶ。今自分の胸は情と理性の衝突に爛れるやうだ。強いて胸を平かにし、何か稽へやうとすると思想なるものは全く自分を放れてゐる、茫然たるものだ。無理な短歌が四首できた。若しやと昨日から手紙を待ってゐるが何んの音沙汰も無い。待つ胸はどんなだらう、あまりといへば非情である。哄！　詐りの子よ、頑冥の子よ、醒めざる子よ。二日月が冷たく照って、天が蠟のやうな光沢をもってゐる。耆けた鴉が頻に啼いた。彼れは寂寥の使者であらう。ゆくりなく背戸へでゝ見た。驚いた！。イヤ久しぶりに出たからだ。愛する老梅は枝を大半伐られて、逞しい、古色めでたき巨幹のみが白い月に寒さうに立ってゐる。惜しいと思ったが詮術もない。庭はまことに寥しい景となった。樱欄が悄然した影を投げてゐる。今年くらい黄な花をつけてくれゝば好いが……。

福助座で不意に照さむに会った。しかし自分は多く言はなかった。

25日

桶の枠のところに小さな虫が翅をまるめてコロリ死んでゐる。哀れなる運命を抱ける汝よ。霊は今久遠に去って永遠を夢みてるだろうか。さるにても汝は生存中に何程のことをなしたであらう。或は汝にも先天的の職務があって存したか知らぬが、ならば汝がちいさき骸は、このま、木乃伊ともなれ、いかばかり珍重さるゝことであらう。自分は悵然として醜き屍を弔ふた。ポカポカした日で恰度三月頃の日和だ。山へでも登りたい心地がする。街には凧も揚げてゐる。独楽もまわしてゐる。羽根も突いてゐる。風は和だし自と心が融和する。おだやかな春の夕靄を潜って猟夫が二人、銃を担いだしたに蓑を着て嚢には雉子などをいれて帰ってゆく。姉が汲むのか井戸車の軋る音がして、にほやかな空にポッチリ春の星が生れた。歌留多会に招かれた。

26日

明日は二葉会だからと、犇々と湧く雑念を黜けて、チト推敲したが、これといふ纏まった題が見附らず、徒に悶々として暮れた。月の八分に満ちたやつが白う、はた鋭く空に沈吟の体で現はれた。冷風が裾をあほって寒髄に徹するばかりだ。久しく会はない伊藤が呼びにきたので香林坊辺まで散歩した。福助座へ這入り四五人に会ひ、犀川の流に砕くる月と、空から落ちさうになってる月の光に照らされ、河縁を散歩した。

風邪の悪魔がなかなかに執深く退却召されぬので、水洟がでること頻りだ。

27日

一封の手紙が大和風呂の抽出からでゝ、姉の手から自分の手へ渡った。自分はまだこの時平気でゐた。誰よりとは諮ひたまふな。〝酋長の娘〟てふ詩が朗吟してみるとなかなか気に入るので、写して袂に入れ、変な調子も抑揚も心得ぬ自家独特の声で唸ってゐた。短いからすぐ暗誦できる。

午后から蛤坂の月見亭で開催する二葉会へ出席した。行てみると居るのは幹事の苅萱子一人。どうしたのだらうと欄に倚て眺矚を擅にした。白雪が斑な山脈の中に屹然たる医王の峯のみは那様見苦しいことはなく煦々たる春日に輝いて大きい銀の置物の如だ。ズッと河流の上には二ツの橋が春の霞のなかから蜃気楼のやうに濛としてゐる。磧には凧を揚げる子供が駈けまわってゐる。どうしても春の景色は融だ。磧の石の間隙には早や五分ばかり緑芽が生えた。一望すれば群巒われに朝して市街麾下に蝟集するやう。吾は今市の高台に立って一種のインスピレーションを得た。

葩外子が弊衣短褐で社会詩人を気取てやってきた。間もなく浪子が来る。今度は〝はなふゞき〟の驍将？たる同人には初対面の大地天波子が来られた。雨城、晩煙の二子は差閊で歌稿のみを送ってきたのみだ。いざ開会といふ時、犀星、さうび、天嶺の三人がまた破壊するためやってきた。眉を顰めぬ者は無い。ヤれ美学でムる、ヤレ哲学でムる、ヤレ浅薄だ、ヤレ僭越だ、と一つも纏らぬ誤迷論で一座を圧倒してゐる。折から雨が煙の如に空を舞ふので皆なが驚いて静になると、野次りつかれた薔薇は一人帰っちまった。それから兼題の互選を了し、即題吟にかゝった。

題は〝羊〟〝鐘〟なんてくだらぬものだ。撰に入ると犀星と天嶺は帰る。漸とのことで会は静穏になった。散会したのは七時三十分だ。

点	式			
11	天波	5	天嶺	
9	浪子	4	*雨城	
8	国治	3	犀星	
7	葩外	2	荊萱	
7	棹影			*は兼題のみ

天波子の最高点と荊萱子の少点とは今日の異色だった。
遊びにきてゐた者が帰って寝ようとするとき、姉は自分に対して意見した。自分は什麼な感がしたであらふ、夢は不快なものをみた。

28日
不快な念が胸に蟠屈してゐて、飯さえ旨くない。日は矢張り万象を薫ゆらさんばかりに照って人事を解せず。一鳥あり、一碧の穹を東より南に蜚ぶ。われ暗愁を湛えて孤り煢然たり矣。自分は其不快の因て来る処と、更に姉が心理に就いて攷究した。自分の腹中にはすでに一篇の波瀾多き小説が仕組まれてゐる。

姉は今、二十を過ぐること三、通俗の婦女が婚して早や子の一人も有ってゐる時分だ。何故婚期を過したかと言へば家庭の事情？　まあ一家の不幸がなしたのだ。其間に縁談もあったが、皆拒絶したのである。姉は自分に比して母思ひ兄弟思ひである。又決して当世女の亜流でない。随て保守的、所謂前世紀的の思想を抱いてゐる。さればこそ花なる春を惜し気もなく自分等のために稼いで今日まできたのだ。実に意志の堅固な女性である。然し自分とは或る点に於て反馳するので、時に感情の衝突を免れぬのである。

自分に対しての意見！　それは姉として勿論の事である。自分の将来を想ふての諫言であることは信じて謝する所だ。然し姉と雖も一面其あひだに、自己の境遇より生れた或る分子が銜まれてゐるではなからうか。自分は這麼浅猿しい邪推まで為た。恁麼ことで寒い一日を考へ暮らし、帰った。すると今度は又々意外なことを聞かされて、それこそ三年の恋も覚めて了ふ事だ。後ろの家で誰かが琴を鳴らしてゐる。と遠くで尺八の切々たる微妙な音がする。外は梅も咲くやうな月だ。人曰く〝十五夜〟だと。さもさうず、さもありなむと思はれる円さだ。

〝切れ与三浮名の横櫛〟を福助座でみた。初日だけで技にたるみがみえて欠伸をした。此の芝居は若い娘さんはお母さん（と）ゆくべからず、顔を赧くせなきやならぬからだ。

29日

昨夜の月が白銀の雫ととけたか、ポッポッ雨だ。寒さがグット増した。熱で撹乱された自分の頭脳は稍々冷静にかへると共に、昨日の非が早や悔いられて悶えた。

じめじめとした春の夜の雨に陳套ながらコロリンシャンと琴が鳴しだしたのでおのづとペンもつ手が止むまもなく雨垂の音さえ絶えて闃々たるなかわ鴉が気まぐれに啼いた。或は月が出たかも知れぬ。

今宵は月蝕だ。しかし出て見る気にならない。石油灯が眼に反射して病むからだ。恋猫が厭な声で鳴く。煩縟いこと限りなし。しばらくすると何だか妙な感想が浮んだ。世は今生物が悉く死んだ如な闃さだ。それで何となく室内がほてる様な温さ、外へ出て見たなら霊火の焔に焚かれてゐはしまいか、九天今病あり、神々戟とりて魔を逐ひ玉へ……と。自分は此瞬間ふと旅中の母を憶ふた。

30日

悚々悪寒がして堪らない。全く風邪の神に惚れこまれたとみえる。午下りとなっては眩しい日光に射りつけられて頭痛が岑々と病魔の勢は猛にわれを悩ましてきた。炬燵へズリ込むで呻吟した。

七時頃に突然母が帰られた。鞄を解いて早速お土産をねだると、京都の分は珠数、大坂の分は天王寺の絵葉書と粟おこし、名古屋の分は筑波山の絵葉書綴と頗る奇形珍妙、曾て当地でみたことのない、それは俎板の如な下駄。それから床の中で弟のことから、大阪の頤髯の叔父さん、名古屋の叔父さんの家の状態、本願寺参詣の話。さては住吉、天王寺の大鐘、金の鯱魚の話、兄弟の誰彼のことを聞いてるうち彼処からも此処からも人がきて喋舌を弄するので煩しいこと腹が立つ。今夜某所で会合する約束だがこんな仕末で心ならずも破約した。熱はますます高度となった。昏々として種々なミレーヂが、絶間なく夢を襲ふのでますます悶えた。

外には木枯しが荒みだした。

31日

大寒ももう四五日であくといふ所で今日の景色は全たく北国的だ。風が荒む、霰が降る、絮のやうなやつがヒユーヒユーと舞ってくる。粉吹雪から天の一角が碧色、或は茜色に彩られてゐる。自然派の空穂らに見せたら讃歎の声を惜しまぬであらう。

今宵も一穂の灯影を囲むで母から名所旧蹟の遍歴談を聴いた。風は凄じい音をして外を荒れ廻ってゐる。そこそこにして寐に就いた。

FEBY《ママ》UARY

1日

夢まだ深き頃、野崎が遽々敷戸を叩いた。寐恍けながら起き出ると、今朝紫總子と倶に大阪へ潜行する筈の翅紅子が旅費を握たまゝ、好くない奴に欺罔られてキャッチされたと。そして紫總子独り廓然たるステーションの待合に孑然たりと。彼程他に心配さして置いて何たる癡体を演出かすのだらう。己れヤレ会って談じて呉れようと、スッポリ外套を着込み、三寸余の積雪を踏み破って、吹きつける粉吹雪をものともせず、匿われてゐる英町の某家まで出掛けた。呼び出した上、訳を聞いてみれば、チヨッ何とこった、人騒せな、旅費が不足の為めに都合中だと。兎に角と停車場まで駈付け紫總子等と相談した結果、紫總子ひとりは二番の列車で先行することになり、翅紅は午後五時三分の汽車で、待合す所は茨木と、漸のことで纏り、一時間余をストーブの前で待ち、八時四十七分、空想多き身を載せて紫總は去った。

外はとみれば目にも明かぬ粉吹雪、それが小歇みもないので大分積った。旧暦の正月だといふので帰省する女学生や工女を沢山見受けた。帰宅すると恰度餅搗きで、鱈腹喰った。午後翅紅は金策と他所ながら親兄弟へと暇乞ひにと出て行た。帰ると二人で心ばかりの別盃を汲み交はし、君歌ひませわれまた舞はむと、時の迫るに割愛し停車場まで送った。間近になってまた劇しい吹雪のために外套なき身は頭も袖も真白になった。送ったものは僕一人、非情な友を恨みつつ〃わかれ〃の言葉を繰返し二人は今更口にはいはねど離別の暗愁に咽むだ。やがて汽車はこの馴れぬ遊子の感慨を運び去った。百五十里の道を。今日は他の身、やがては自分もこの駅頭に送らるべきさだめでないかと、なほ友の行末なども思ひつゝ去らんとせば、駅路の空は雪げふかく、南の雲はいま金鱗飛べる彩どりいと燦なり。あゝ車窓これを望までせめて〝故郷いでし日の雲〃の印象を残せよ。寒厳何の日か再び逢はん、乞ふ幸に健全なれ。

遅れ走せに野崎が僕の外套を預り駈けつけた。けれど遅かった。まさに千秋の恨事ともいうべきだらう。夜にいればますます暴風雪の音が恐しくひゞく。去りたる友の上を想ひながら寐た。

2日

五寸余も積った。新年の松であった松も、学校も神社も病院も軍人の家も尼寺も、乃至拙庵までも曰く白玉楼と化した。しかし銀の色ではない。たゞ白いばかりだ。もし色が銀であったら凝晶せば銀ともなるだらうと研究する人も出てくるかも知れぬが、幸にして開闢以来、我領土には左様な人の生れた例がないから安心だ。雌雪雄雪は空中に花ともつれ卍巴とまひ、軒並はみな瓊矛を垂れた。梅もこんな塩梅では未だ々々待たずばなるまい。北國の雪景色も現在住むでは詩的所の洒落にあらず。ものごとはすべて現実とならんさきのことだ。嫁も遠目の方がよいとか。

弟からハガキが着いた。可愛いことを書いて寄越した。あんまり炬燵と仲の好いのもよくないと、姉が搔餅を切る横でチト勉強のペン程仕った。寐たい眼を引剝いで曰く艱難汝を玉にすと。けだし却々痛ければなり。やまと新聞の雪中行脚隊北陸派遣樋口罔象氏、北國の雪を踏破し当地に来る。

3日

日曜日だのに斯んなに吹雪かれては種々な人が困ることであらう。二葉会の詠草が今日やっと北陸新聞に掲載された。講談の下へ余白埋めとは失敬な。金城の詩人を侮辱すること酷しい。

朝報の新体詩、薩張り振るはず、白星の作詩一百言は今日から出た。本紙の小説惜しみも久しいもんだが、秋聲の〝おのが縛〟が了ってから早や一週余、一日から風葉が〝天才〟てふ得意物を出す筈だったのが、作者急病に付転地、其の間の繫ぎとして掬汀の新脚本〝熱血〟を出すと。けれど五日まで待てとは馬鹿らしい。三面近頃見るべきものなく、花むこ花よめの写真が独身者をば悩してゐる。

いつも妙な琴の音を泄して自分を悩す主を見た。おもはざりき、そは昨夜夢に見し彼の人ならんとは。髪は思ひ切たハイカラ、袘の太い衣を踵にかけて、小豆小紋の被布を召したり。富山あたりの富豪の娘で妹と二人、迢々金沢へでゝきたのだと。姉妹ともに美人だ。これが自分の小説の主人公となる日も遠くないだらうと独り陰険なる北叟笑を洩らしたのを知る人ありや否や……

と書いてるといつか微玄に哀曲をだんずる絃の音が、胸を拷るやうに聴える。恋とは言はず、自分は俤をみし時佐しき顫ひを覚えたことを自白してをく。

4日

軒から氷柱が下がって、試に雪を踏むで見ると籟々と音がして冷たい。爪先も氷る如だ今日は節分ぢや、柊に鰯の頭を貫しこれを門に差し、福は内鬼は外と炒豆を撒く。但し今は廃れて古風を重ずる家にのみこの式あり。

寒い故か右胸部が痛んで堪らんかった。あひ渝らずはかない空想を描いては消し、消しては描き、はては完く幻に捕らはれて了った。俤が風車の如く閃く。

翅紅からハガキが着いた。たゞ大阪へ着いたとばかり、一向要領を得てゐない。ハガキ二枚と叔父さんにウオッチ無心の手紙を書いた。一月の新声を出してみたが、〝もっちゃん〟てふ小品が気に合ふて再誦した。

5日

細い琴歌が胸の鉄扉を破壊するかの如、潮が浸みこむ勢で自分の感情を囚へた。寒い日であった。霙ふる中を犀涯に灯ともす犀星子を訪問した。炉を囲んで大に談じ、昨夜の豆を煎じて豆湯を啜りながらお惚言も聞いた。九時頃辞して宇都宮書店を覗いた。海国あらず、中学生あらず、新声だけ有った。外に〝エンゲイ〟が無いかと問へば、丁稚公首を傾げて曰く〝聞いたことがありません〟。訝しな奴だなと矢鱈に〝エンゲイ〟を吸鳴た揚句弗と気の注いたは、丁稚公の勝利だ。エンゲイぢやない、芸苑だった。〝ハーアン、あれですか、しかしあれは余分がありませんので〟と気の毒とも思はぬらしい。チヨッ忌々しい奴だなと怒り々々外へ出たが、我ながら滑稽な、はた面妖なことだった。

6日

野村君の宅へ醫峰のことに就いて鳥渡往った。外套を着ず、番傘を持たもんだから前から吹きつける雪に手が冷たいの何のって泣きそうだった。福助座の、イーエッチ、チャンピオン団の自転車曲乗大会を見た。当地の坪田、星野、前川なども出演したが、未熟のために屡々仕損じを遣ったのは観客の方が却って冷々した。取りわけホーロク割の際、車体共に一等席へ顚け込んだなどは気の毒な醜態だった。日比野、鬼小島らのアップ、トロップなどは逌に軽妙なもんだ。外に余興として滑稽三番あり、腹を抱へた。紫紘会から〝紫陽花〟を送附して来た。僕の歌は五首しか載って居ない。頁が十六頁となって会費が七銭となった。

翅紅からハガキがきた。某商店へ這入ったさうだ。北国の空憶しと書いてある。

7日

雪は猶歇まない。S，Tからレッターを寄越した。過去の狂態は兎も角、今は自分の熱が冷却て了ってる。種々誤詫を並べて謝る文句を書いてあるが、畢にはさようなら、ちりちりん、なんて人を馬鹿にして居やがる。引裂いて火中した。宇都宮書店へ出掛けて海国とハガキ文学を購て、ポッケットにまだ一等の白札が一枚残てるので福助座へ這入った。姉は星野の内儀さんらと坪に居た。幾ら捜しても友達は一人も見附らぬ、何だか見ることが厭になって八時半頃だが帰ろうと出て終った。外套の頭巾を附けぬため小歇みなく降る雪がソフトに積って一寸？　泰然として此の中を歩むのだ。帰宅すると戸に締りが掛けてあった。灯がポッチリとひとり留守をまもってゐて誰一（人）も居ない。誰もいった所が皆で三人、それが姉と自分が外出してるので跡には母独り限りなのだ。外に居ればそれは梁上の君子ある耳だ。這んな晩に来なくっても好い人が来た。去ってから弗と息を吐いて炬燵へ凱旋するといつかウトウトした。

8日

思ふ子よ、宥し玉へ。吾は御身を姦せり。さはれ神は我を造るに罪を与へぬ、弱き子なりき、ゆるしたまへ。御身が愛する二十五紘、移されて他の床上にあるの日も、吾は不死の美、永劫の妻を心に持たむ。執にあらず、罪にあらず、これをしも神は尤め給ふや。血は我が身をはぐくみ、情はわが心に糧す。われを知る者は自身なり。幾たびか枯死して今また新に甦れる胸の野の草、わが命死ぬ日にこそ囚はれたる御身は我てふ者より釈さるべし。御身よ、血をもて面影をはぐゝむ儚なき郎を夢にみたまへ。女優山口定子は父の定雄等と一座して当地福助座で幕を張った。定子は先年都新聞の俳優投票に当選して、同社より、一千五百円の緞帳を貰った相だ。一座は電気応用で今日から始めた。観る価値は確にあるといふ事だ。

新声に歌稿を書き、ハガキ文学に歌を書き、外に鯨洋兄へと翅紅子、紫總子などすべて六枚を書いた。恋猫が頻に鳴く。

9日

稀に雲の裂目からこぼるゝ日影をみた。チラリと降たのみで、屋根の雪はさかんに凄じい音して落ちる。弗とこんな消極的な念が起った。素養の無いのは今更ならずに自覚してゐるが、それで自分の如な希望を抱くは抑も僭越だ。若し自分と同じ希望を抱いてる者が格別の素養もなくして成功するとならば世の中は凡て文学者で埋まるであらふ。そりゃ天才の人もあるだらうが自分はこれで天才だと思ってるのであらうか。そんな自信が有らう筈が無く、又他も云々する者がないぢゃないか。自分のは健全なポーフぢゃない、空想だ、そうだ、空中楼閣を夢みてるのだと、たちまち絶望の淵にわれから沈淪した。然し頓て心裡に一通の光明が閃いた。それは〝信仰〟だ。

元来自分は信仰心が無い。それでこんな薄弱な意志になるのだ。信仰！　信仰！　あゝ信仰なる哉。吾らが処世の功名を贏ち得るも信仰の偉力であらうと、心機はまた一転して頼母しくなってきた。

中学生が届いたが読む価値が無い。孤灯の下、新声を読むだ。

10日

今日はそれでも空から白いものが降らなかった。鶏の群が日南に蜜柑の皮を啄いてゐる。取止めないことを考へながらこのごろは夢中に日を鎖してゐるが、自分ながら為すべきことが沢(山)あるのに情けなや。怎うすると意馬心猿に鞭うつが〝囚はれたる自己〟は最早何を捨てゝも惜しくない様になった。今出掛けようとする所へ野村君から使が来た。行てみると雑誌のことに就いてまだ紛々をしてゐるのだ。活文堂へ行て小言を並べてやった。

福助座の山口一座を観た。水蔭氏作〝女漁師〟は大団円のみを見た。黴の生へた華族の騒動物だ。道具立から衣裳まで流石は揃ったものだ。狂言の合に電気工手石原松雨氏のヴアイオリンの演奏があった。また今年七歳の小童が十九鍵付の手風琴で越後獅子を合奏するはさすが奇童と銘うたれてゐるだけ感心したものだ。松雨氏も優に専門のヴアリオリストを凌駕する。満場の聴客は心酔したやう、蝋の火は煌煌として楽譜台の前に立った秀麗なる容貌を照らしてゐる。あと狂言は殷妲妃で、電気応用の俗なものだった。天地は凍て明日は晴れるであらう。

11日

二五六七年、建国紀元の大節である。地は凍ったが天は流石に晴れた。自分は紫陽花の詩稿を認め、郵便局へ行た。五厘切手を八銭が呉れといへば、抽斗を明けてみて、無いから隣口で貰て呉れといふ。で隣口へ顔を出せば又無いから暫く待てと。チヨッ馬鹿らしい、と憤っても始らず、十分近くも待たされて漸とのことで受取ることを得た。為替口は相変らず混雑だ。生意気な面で傲然として初歩のハイカラ女官が控へて居る。主に軍人と女学生が詰め掛けてゐる。

局を出て宗叔町の葩外子を訪問しやうとテクテク出掛けたが、折の悪いことには子もシスターも不在だ。三日も経たねば帰らぬと云ふのに這入りこんで待つ訳にもゆかず、充らない結果で来た路を逆戻りした。

肩で風を切ってゆく将校の金モールと、功七級の下士の胸とは燦然として異彩を放ってゐる。雪解けの路をゆく盛装した式部がやゝともすると顛け玉はんとするに肝を冷した。

道で午砲を聞いた。続いて百発の祝砲は殷々と絶間なくしばらく響いた。午后、翅紅子とことなど思って独り充らないなと欠伸をしてゐると野崎がやって来た。それから散歩に出掛けて尾山座の北村一座が演ってゐる鏡花の通夜物語を観た。白日の眼だからか知らぬが拙かった。日の暮に帰って夕飯後福助座へ出掛けた。大聖寺へ往て居て今日帰ったと云ふ安江(注)に途中で遇った。

バイオリンは相替らず巧妙なのに喝采を博した。今日は二回目だから妲妃位の幕は眠くなった。華やかな電灯に照らされた桟敷を見ると、数千の頭顱は種々な形でウヨウヨ蠢めいてゐる。其中でさまざまの妙なコンツラストが発見される。あまたの中だから俳優の肖像もゐるだらう。ハネて帰らふとすると雪がチラチラ降って来た。閨の隙泄る風は冷たいこと。はりさすごとし。

(注) 安江卯三郎は文学仲間。後年、棹影の姉きくと結婚し表家を継いだ。

12日

警鐘五点の非常を家人みな知らず。出社して初めて猫の標本なるに一驚を喫した。而して火事は広坂通で会社の出張所など火元の隣だったため一物を救ひださず、悉皆烏有に帰したりと。気の毒の至りだった。せめてのことに跡の始末をするに天気なのが幾分か都合を好くした。

今日らあたり莉萱子が来るかと思たが来らず。醫峰の校正がくるかと思ったがそれも来ず、夜になって中宮と安江が来て話していった。〝中学生〟一ヶ年分安江に譲ってやった。雪がちらちら降ってきた。恋猫が厭な声でしつこく鳴く。イヤ奇怪なのは、わが思ふ子がすさびの二十五絃の音が、この四五日弗切聞えぬことだ。何となく物足らぬことだよ。十一時頃、海の遠鳴をきいて寝た。

13日

薄氷の上へ砂糖を播いた程しか降らないので外套を着ずに出た。午すぎから霰と雪がゴッチヤに降りだした。濡れて帰って、ザマアー見ろいを喰った。けふは一日自分を考へた。自分は恋をするだけの勇?がないのだ。葵山の小説ぢやないが、自分は自分を考へた結果斯う思った。〝恋を恋する人〟と。慥に左様だ。また自分の煩悶は自ら煩悶に游ぶのである。然もそれが自分に取って唯一の慰藉である。心の虚を満たす糧である。自分は哀れむべき人であった。

炬燵にもぐって〝春宵記〟といふ短編小説を作りかけたが、いつか睡魔の襲ふところとなって前後も知らず寐っちまった。眼をさますとお褒美として鶯餅が一ツ。外には木枯が荒んでゐる。

14日

朝から暮るゝまでセッセと降ったは々々々々。地上五寸は積った。大坂あたりでさえ一尺五寸余も降って雪達磨の番附を拵へ悦んでゐるとか、暢気なことゝ或点はチャンコロ其侭、頓にインスピレーションが湧いて〝紅恨〟の詩一篇を作った。夜、安江が鏡花の脚本〝愛火〟を持て来て呉れた。口絵のみが鏡花張りで凄愴人に逼る、英朋の画だ。

今日から姉の弟子として一人女が家庭に増えた。田舎者で躰のみが巌丈だ。恋する猫が此頃毎晩鳴くのに閉口だ。原来入浴嫌の自分も今では我慢できぬ程垢ついたのでイヤイヤながら銭湯に出掛けた。ケダシ倚月子の誘ふた結果だ。上ってから加登長へ天ぷらを喰ひに行って寒気を感じた故で、風邪をひいた。

15日

雲も匂はしく太陽は燦として満地の雪を溶かすかと思ふたのも一と時、やがてまた鶴の抜毛の如なのがせっせと降り出した。すでに葬られてあるべき近眼鏡のニッケル縁が遂々折れちまった。絲で括って用に立てやうとしても駄目、野崎が来たから譲って貰った。

涅槃会だ。向ひの観音堂には団子を撒く騒ぎ。それが静まると女共が歌ひながら手毬を突く音、いや、えらい騒ぎやて。意外と云ても凡そ是位の意外があらふ乎。駅頭のたそがれに離別の涙をながした、浪速へ赴いた翅紅子がのっそり這入て来たことだ。驚かざるを得ない筈だ。哄！　何等の腐腸漢ぞ、男児苟も志を都に得て墓ある郷を忘れたるに、日半月にして空しく帰来するとは、吾らに何の面目あって阿容来たかと、単刀直入的に詰め掛ければ彼即ち曰く、阿母病むで危篤、電報は帰来を頻に促せりと。さもさうず、さもありなむと思た。何にしても余りにあっけがない。

芝居をみようと出掛けたが、止めて片町を下りた。怎うしたものか左肢が痛んできて堪らぬ。犀星子を訪ふて炉辺に投げ出し撫すってゐても癒らぬ。座に薔薇子がゐたため匆々に辞し、福助座へ戻った。起っても坐っても肢部の疼痛は止まぬ。雪に面を撲れながら帰宅したが、寐てからも痛みが止まず、悶々として果ては泣き出しそうになつた。

16日

日ねもす降り暮らした。頭痛が劇しく悪寒が悚々とするが、空想の領に一たび神霊を走するといつかこの苦痛が忘られてしまふ。母は用を帯びて外出、弟子（注）は懸命（に）姉の髪を梳いてゐる。雪に埋もれた外に子供らの声がする。後ろの家では下婢が水汲みながらうたふ歌が、妙な調子でガタンガタンする井戸のひゞきに和してきこゆる。

愛火は読むだ。敢て大家の作に対して批評とは言はない。ここにその梗概と人物のキャラクターに就いて思ひついたまゝを記し、文壇趨勢変遷の左券にまで、と。

伯爵橘某の愛妾、或る日きつい癪で苦むだ。其の頃の悪鍼医大原玄禎を招じて療法を請ふたところが、玄禎毒茶を以て遂に之を辱しめ、威したり、賺したりして勾き出し、マンマと宿の女房にせしめた。妾は其時すでに伯爵の種をやどして居たので間もなくお雪といふ女児を分娩した。それが成人して美人となると極悪の玄禎これを他の妾にせんとして承知せぬのに憤り、裸として戸棚の中へ押込め蚊責めとした。其処へ来合せた温泉宿桂舘の主人銀蔵、これも満々たる野心を抱いて金三百で貰ひ受けた。お雪はもとより従順な娘である。桂舘の浴客中、洛陽の貴公子、理学士桃山時員なる者、一夜そは暴風雨の晩のこと、女中お民を介してお雪との間に恋を成立した。銀蔵独りよき椋鳥と北叟笑を洩らしたが、悲劇はここに根をもったのである。

桂鉱泉は銀蔵が発見したもので、最初水が塩ッぱいから何でも薬になると素人鑑定で彼処の地、此処の巌と穿ってみても眼はことごとく外れて其内に僅の身上を棒に振って了った。もう駄目と断念しかけたころ、波切巌の不動尊に願って見ろと云ふ他の忠告に依り、祐山といふ若い堂守の坊様に一七日を護摩を焚いて祈ってみると、不思議や満願の日に、祐山が投げた白羽箭が発矢！と当った巌角から清泉玉を跳らして噴出したとのこと。こゝに悲劇のヒロインたる祐山が前身を語れば、現代青年者のキャラクターを代表したる学生立石秋哉、仲秋の一夜、殆むど理性てふことを眼中にをかぬ奇怪の女性、子爵桃山夫人に欺罔られ、青春多恨の身の、この謏るべからざる侮恥より受けた限りなき憤忿は遂に彼を駆って現在の位置にたゝしめた。村の人よりは殊勝だとか哀れだとか、同情を寄せられても、流石は若い身空の庵に仮寐の夢さめて、麻の衣の袖破れたるに、浮世の月の影さしては、ひたぶるに昔恋しく、ましてお雪といふ美人が信心で毎日参詣しては、種々の食物を運び、時には衣の綻びも縫ふてくれて、其時つけた口紅の汚点に、あわれや祐山、煩悩の犬逐へども去らず、明王が握る降魔の利剣も彼が迷の闇を断ち難く、索のみ縄も彼が心を縛るべうもあらず。果ては浅猿しく還俗の覚悟にて銀蔵にお雪を呉れろと申込んだ。業欲非道の銀蔵何條承諾すべき。咳でもひっかけるやうな権幕で拒絶した。

こゝにまた桂舘の女中にお瀧と云ふがあり、悪漢の玄禎らと共謀し、お雪を喰物にせんと覘ってゐたのが、華族の桃山にせしめられた口惜し紛れに、祐山を使唆し、お雪を連れださせ、途中でふん奪って売飛そうと目ろみを書いて祐山の迷てるのに乗じ、まんまとたらし込むだ。お雪は桃山のいひ付けで泉を汲みに庭へ出ると、阿屋から矢遽に祐山が飛んで出てお雪の知らない駆落の約束の決行を迫る。始めて自己の欺れたのに気が付き地団駄踏むだが、更らためてお雪に申込むだ。心優しいお雪は有繋に手強く拒絶せぬが、ついに免がるゝすべなきよの今では処女でないことを自白した。これを聴いた秋哉は絶望するより先づ其主の桃山にあらずやと詰問し、お雪の泣きをるのを見て其うで無いと先潜りし、哼と息吐き而して桃山は自分の怨敵であると呼はった。しかし夫が桃山であると聞いたとき、彼が血は沸騰し、彼が常識は死むだ。夢中でお雪を引抱へ行かふとするとき、家人に見附かり、こゝで散々侮辱されて憤忿の余、巌を蹶て山へ匿れた。其れから後は不動堂の前に登山禁制の立札をなし、自ら新火山の主人と名乗り、餓死を待つべく傷める身を庵に横たえたまゝ幾日かを過した。

お瀧らの一味は又もや目算が外れたので今度は無理やり桃山を山へ上げ、謀むで脚を挫かしめた。子爵の負傷に依て本宅の夫人縫子は早速来た。そして夫人は不動堂に餓死に瀕せる秋哉を訪ふた。売婦の如な口調で秋哉の罵倒を圧えつけたが、秋哉はすでに鬼となってゐた。夫人の肩に支へられ山の奥へ遷した不動像に別れの礼拝を遂げ、一も二も茶化してゐる夫人を突然に荒縄で縛した。山は一面に枯草を積まれて一炬を投げれば火山となるのである。彼は夫人を巌角へ倒し、其の白い胸へ白刃を擬し、坂に集へる人々に叫んで曰く〝お雪をひとり山へ上げれば人質は返してやる、もし他の者が一歩でも登たなら夫人の息を止める〟と。子爵来り、警官来り、鍼医来り、詩人きたり、画工きたり、医師きたるも狂人の前に刃物あるからは策の施すべきなく、母を慕ふ一子を抱いて黙想する子爵。この時お雪は甲斐々々しくも自ら山へ上らんことを子爵に請ふた。まさにゆかんとするとき、予て橘伯爵の密偵として入込むでゐた者の急報に因り這般の事情を知ったる伯爵は直に駆付けこゝに親子の名乗りをなし、連行かんとしたがみるにみかねた現場の惨景に、お雪は殊勝にも父に請ひ遂に単身炬火を翳して鬼の手元へ上った。これで夫人の命は助かり、秋哉はお雪の顔をみると直ぐ自殺し、山はいま一面の猛火に包まれた。お雪は其中に立って蓬莱の山はこゝだと叫むで、この火の如き一篇は大団円となるのだ。

序幕に現はれた玄禎は面白い。〝ものごと、あけすけが好うごわす〟を一ダース程も使ってあるのはいつか見るに目に障り、聞くに耳に障るが、此の人物を描くにはなくてならぬ言葉だ。二幕目の桂舘庭園あづまやの場は、お雪の独白が些と長いやふにも思はれた。秋哉の談話中、間々筆が辷ったやうな箇所がある。自分は最も此幕を同情して読むだ。お雪の性格も秋哉の性格も略ぼこの場で窺ひ知ることができる。お雪の自白を聴いて、祐山〝やあー、天地寂滅ー、桃山時員！汝の妾を奪ふんだ〟と其の声のいかに悲愴なるか。読むゆくうちに血が躍る。家人に発見されて散々辱しめられた揚句、桃山を見た彼の感はいかゞだったらう。彼は自己が生存の意義が桃山子爵に復讐するためであったかのごとくもおもったであらふ。それが自己の使命であるかのごとくも考へられたであらふ。言訥（に）して言ふ克はず、やっとしぼったやうに、祐山〝一人冤に死すれば三年早すぎや、理学士、ポンペイの都を埋めたヴェスヴィアスの噴火を知っとるか？ 炎の如き男児の意気が、やがて此の巌山を大火山にして見せよう、理学士、ヴェスヴィアスの噴火を知るか、ヴェスヴィアス！ ヴェスヴィアス！〟と狂号して巌を砕いて駆け上るところ、われは涙なきを得ぬ。

三幕目、禁札の場。百姓共は騒々敷、幸木と江下が狂言の仮色を使ひ、中に新体詩の朗吟を挿んだなど異数ぢや。悪玉のお瀧は割合に不明瞭だ。蓋しあまり度々顔を出さぬ故だらう。

四幕目、桃山家の場。この場は驚くべき女性、社会を夫としてるやふな子爵夫人の言行に口を閉さがらしめぬのである。

五幕目、波切巌庵室。大胆なる夫人は独り山に上り、秋哉が憤忿と饑餓に斃れんとしてるのを訪ひ、舌たるく種々なことを言ひ掛け、肩を借して山奥へ入り込む途中の言、遺憾なく性格を発揮した。切の場の如きは、座員総出の大車輪といふ場で、美人の悲鳴は山からひゞく、酔客は騒ぎ散らす、桂舘内は乱又乱、愛子を抱いて浮薄の夫人と可憐なるお雪の取捨に惑へる子爵、進んで鬼の贄とならむと言ひ出る優しいお雪、悲しみと嬉しさが一緒になった親子の対面、お雪が真心の決心、などせわしないほど舞台が変って、人を泣かせるに充分な場だ。

人物は相当にみなそれぞれ活動してるが敢て場面が新しいとは言はず、要之此一篇は従来の鏡花氏が領域を超越したものではなく、化物こそ出ないが氏はどこまでも所謂鏡花臭味より脱けることがないとみえる。現今作家中、漱石、藤村、独歩、葵山人の諸氏が清新を以て売れるに際し、氏の此著があまり世評に上らぬのを思ふて、自分は成功の夢をみたる氏を弔らはざるを得ぬ。此の一篇は脚本に書かれたが、慾は矢張り氏が文章の妙を味ひたかった。炬燵で一気に読むだばかりだから、漫りに閉文字を弄した丈あるも、罪は死にあたるを自覚す、幸ふ宥せ。

＊　＊　＊

犀星子と天嶺子が遅くやって来た。そして偏屈な犀星が睾丸に火が付いたか、足元から鳥が立つ如に原稿を請求するので歌稿を書いて十一時まで起きてた。
(注)棹影の姉は髪結い。住み込みの弟子が2月14日からいる。

17日
木槿垣の枯れたのに雪がちらりとかゝったのへ、鶫が一羽、上から下へ右から左へと飛むで梅へ移ったが、羽を振ふて、ピーともいはず飛むで行た。余寒のきびしいのに焙火へ当る故か、毎日頭痛がする。それに春になった故か空想に耽るので尚更ら脳は石の如だ。詩稿を持て犀星子を訪問した。佐野がちよっと面出して帰ると直ぐチヤーチかへりの薔薇が来る。すぐ巫山け出す。匆々に辞してかへると片町で大男の天嶺子に会った。犀星子は漱石の鶉籠を読むで論文を書いてゐた。九時だに早や芝居がハネて人が押しかけてゆく。尾崎神社の神楽が喧しく鳴ってゐる。

18日

けふも頭痛で日を暮らした。帰宅してみると驚いた。塵で埋まってゐた二階へチャンと同居が入ってゐる。突然といったて是程突然なことはない。気が悒れるのでチト散歩しやうかと思ふと外はしめやかに氷雨がふってゐる。歌あらず、琴きかず、こゝに日あり。観音堂から詠歌の鉦がきこえる。自分は空想にさえ耽れば、どんな不快なときでも忘れてしまふのだから床に這入って、いはゆる牡丹さく玉の宮居へ思ふ子を呼むで快楽を擅にした。

19日

松ケ枝町で、彼方から小車を牽ひて来る村山子に会った。ゆふべ苅萱子が来て二葉会を来月三日に開催すると通知して往た相だ。ここまで来て何故僕の処へ来なかったのだらうと、想てみたが人様のこゝろは分らないものと、簇々と湧く不快を抑えつけた。夜、福助座の〝女弁護士〟を観た。無理な脚本で、しかもそれが日露戦争後拾年を経た時代だ。尤も現今の日本にはまだ女弁護士なんか居やしない。

伊国の大詩人カルヅヽチ氏の訃を伝ふ。与謝野晶子女史が去る十日に姉と妹を同時に生むださふぢや。萬朝報の文界短信もこんなことを出して五拾戔の報酬を呉れるんだから滑稽だよ。

20日

日ねもす碧い空に白雲の片が飄々と漂ふてゐた。土蔵の白壁も柑子の硬い葉も鶏の翅もみなかゞやいて、こんな日の海は油のやうな色してのたりのたりやってゐる（の）だらう。紅塵で糢とした工場でこんな外を見ては心すでにこゝにあらず、何ができるものか。

古いものだが土井晩翠の〝天地有情〟を読むだ。そして自分は長嘆した。あゝ当年の詩壇を回顧すればどうであらう。当年の晩翠は已に葬られて、これと対峙して勇筆を揮った藤村もまた今日の詩壇に籍を有せず。兎も角も初歩の我国詩壇に遺るべからざる功績を貽した両氏が、隠れた以来の新詩界を見よ。進化？　老衰？　はた退歩？　朦朧は藤村の詩にみることありしも、難解晦渋、殆んど何を歌ったのやら訳がわからず。クラシックでムる、象徴派でムる、といったところが判らぬものはしかたが無く、西洋思想の注入もこれでは迷惑せんばん。要するに現代の詩は誦すべく作られたるものにあらず、言って見れば文壇の装飾品みたいなもの、安い骨董品だ。あゝ龍華寺の畔、故樗牛の感やいかに。

21日

青い々空が忽ち曇って心細くなり、またカラリと晴れて鳶が舞ふなど気まぐれな春の景色だ。午後三時から会社の整理部の階上、写真室で社長首め重役らの談話があった。下手の長談議といふのだらふ、イヤ降参した。要は第一に株式の配当の少なかった泣言、斯道の説明、一般の訓戒、増給問題、工場規定などで六時過ぎまで引張られた。尾山座の北村生駒一座が今度、秋聲原作〝北國新聞に連載されしもの〃の黄金窟を脚本にて演ったので、無料の読者鑑賞券を持って出掛けた。舞台は多く海岸で、彼の軟弱なる恋愛劇と趣を異にしてゐるが、さればとて無暗にピストルや匕首を振りまわすキリ物は我等の眼に娯しからず。しかし何しろ子女を悦ばしむるに於ては好箇のあて物だった。

22日

増給率平等ならず、われ最も不平あり。部長に迫るも彼、酢の蒟蒻のと水面に描く程のキヽメもなし。意気を尚ぶ男児、爰ぞ忸怩たるを得む。見よ、卑近は足尾銅山に工夫の大暴動あり、殷鑑遠からず、臍を噬むの日、はじめて悔の先に立たざりしを思へと、暴虎馮河の勇としりつヽ悍然家に皈った。

風呂を浴みて翅紅子を訪ふた。安江きたり、散歩に出づ。糠雨が遽に降り出して今更帰る訳にゆかず、今町の古道具店の軒を借って江戸絵の看板を見てゐると、走るハ、走るハ、丁稚も、ハイカラも、式部も、軍人も、四民平等といふ恰好に濡れてゆく。雨は氷雨となった。こりゃ何時まで経っても霽れっこなしだと、雨を衝いて走った。角の写真館の軒へ駆け込むで一服してゐると、向の家が丁度裁縫教授所だ。白い袖口を締めた黄筋のお召を羽織ったお嬢様が、障子をスッと開けて此方を覗く。見上ぐると嫣然、同時にビッシャリ。見れば障子は指をあけて穴だらけだ。彼等も彼等で若い男が通れば互に批評するんだらう、女といっても侮どられないって、ハハ……。

23日

しばらく晴が続いて所々の梅がポツポツ咲き初めたにけふはまた雪だ。厭になっちまふぢやないか。他の者は増給の効能で孜々として動いてゐる。しかし自分ひとりは不満足のために殆むど動かぬ。倩々境遇を惫むだ。

昼さがりになると雪は歇むで空も美しくはれた。夕方になると秋の夕雲のやふに桔梗色の叢雲が金の覆輪をつけて峯の形に立ってゐる。それが一撞の鐘に崩れると世は黙思深き夜となるのだ。梅梢一点白きあり。瑠璃濃の大そらには半痕の月と無数の星が煌めいてゐる。十分ばかり此の空を仰いでゐたなら其心は必ず澄むで俗念より擺脱することができるであらふ。しかして或る霊感に接触するであらう。自分はしばらく仰いで立つと湧くように自己が罪悪の悔恨の涙がながれた。そして或る信仰も心の内に生れた。あゝ夜は崇厳である。

八時頃である。公会堂の警鐘が鳴りだした。(注) 驚破こそと出てゐるが、明るい故でちっとも焰が見えぬ。聞けば石坂川岸だそうだ。マア飛むだことだ。人に会ふため尾山座に入った。チラ々々雪が降ってゐるし、きたくはないがポストに用の序だからだ。新町のすし屋で汁粉の熱いのに舌を火いた。

（注）公会堂は同じ町内の西町にあった。

24日

楊子を銜へたまゝ、尾崎神社に参拝した。石の華表にほそい氷柱が垂って、水が凍付いた石畳の上はともすれば辷るやうだ。萱の束を立てたやうな枝の公孫樹が達人の面影して立てゐる。横には木犀ににた葉の樹がある。そこから雀が一羽、自分の視線を負ふて左手の椽の木の方へいった。そこには壊れかゝった黒の板塀があるので、藤の花さく頃をこのむだ。

裏門から郵便脚夫が走ってくる。それを門に見送ると三番丁の勾配が眼下に展かれて、叺を積むだ荷車と大浦の犬が朝の活動をしてゐる。はるかの松蔭から警鐘の櫓城が黒う、烏の宮かのごとく聳えてそのひまから松ヶ枝館のチョークが隠見してゐる。三本の煙筒から昇る烟がゆるう朝霧の中へ塔の形に倒れかゝってゐる。鳴くものは鴉ばかりだ。帰らふとすると左手の栂の梢から雪が撓み落ちた。稲荷堂の丹塗剥げたのが目立った哩と思って歩きだすと、枯楊の下に立ってる辰巳用水紀念碑の頭上に置かれた金の玉が光り失せてゐる。

朝飯を済してから少と出社した。そしていろいろ掛合ったが、結果は重役と直接談判といふ怖い羽目にいたって一先づ帰った。直ぐ犀星子を訪問すべく出掛けた。日曜だから人出が大変だ。片町の魚屋の店に大きな鱶を胴切にし、ハベンを製してゐた。雨宝院の門を潜り呼ぶと不在だといふ。困ったが此侭帰るわけにもゆかずと、すぐ新橋詰のさる人を訪ふて、後で再び訪ねると今度は帰ってゐた。僕の樗牛全集がチヤンといつの間にか犀星子の机上にきてゐる。苅萱子も心から偉敬すべき人物でないと思った。

中途来客があったので辞してかへった。咳(注)をして啖を吐くとまた血が交る。二三回にして止む。急遽の報で母は午后河北郡指江村までゆかれた。誰かゞ来るかと半日待ったが誰も来ぬ。翅紅の宅へ出掛けて店で話してるとガッタリヒョンと苅萱子がやって来て、三人でいろいろな往来人の風俗を批評した。灯ともれ頃、やっと家に帰ると、向ふから停車場の出札係の式部がきた。僕とはいささかも関係なしだが、変な面をして行きよる。其筈さ、那奴の秘密は拙者の手の内に握られてゐるのだから。尾山座へ這入ってみた。相変らず立錐の余地もない。

(注) 咳をして啖に血が交ざるのは、おそらく1月末以来の風邪引きや、2月4日の右胸部の痛み、2月15

日の左肢の痛みと関連していよう。

25日

地へ落ちると直ぐ消えて了ふが淡い雪がヒタヒタ降る。今日も鳥渡出社した。マカリ間違へば席を蹶っておさらばを極める積だったのが、彼方でも後釜ができたため腰を弛くし、冷淡に殆ど取付けぬ。張合が抜けてそのま、出た。請ふ匹夫の勇となす勿れ、炎の如き男児の意気は三日喰はずともなほ魂を殺さぬのだ。散歩しやうと長町へ下りた。鬼川の穴水橋を渡り、高等女学校の塀に沿ふて、天理教会の白壁の楽書を読みながら林屋の茶畠の横へ出た。細いのと太いのと煙筒が六本、細いのばかりさかんに煙を吐いてる。それが低う舞って春の雨に挑むでゐる。それからズッと真直ぐに歩むでとうどう堀川へ出た。あまりきたことのない処だがゆけばどこかへ出るに違いないとテクテク歩むことやゝ。いつか塩屋町へ来た。安江を呼むでみたが起きたばかりの寝恍け面が這入れとも言はぬので、末寺の前を素通りにして帰りかけると誰かが自分を呼ぶ。傘屋の大野だ。一服してゐると十一時を打ったので急速帰宅した。

午后、翅紅子と散歩して、べつに愉快なことも見聞せずかへった。夕方用があって尾山神社を通った。馬場跡の梅林はまだ枯容のま、、昼の月が白うで、ゐて長屋から斧の音がひゞく。仙石町で葩外子に会った。実に久闊だ。公園へ散歩するのだとて、傘まで携えてゐる。日が暮れたが油売が来ぬので灯を点すことができない。詮方がないので軒下に起てると、いつか月が上って内より明るい。お師匠さんらしいが袋にいれた琴を抱へて通った。

26日

今ではいよいよ浪人者となったので午前は炬燵で新小説を読むだ。春雨の〝無法者〟〝ゴールギイ原作〟翻訳物として近頃の読物だった。どうしても興味のあるは露西亜小説だ。外にプーシキン原作〝心づくし〟〝原名彼得大帝の黒人〟トルストイ原作高架索の囚人、など有って三篇とも露西亜小説だ。近来外国文学の紹介に努める本誌のことだから宜いとしても俗受けはせまい。終に秋聲の〝独り〟があるが殿をするだけあって読みこたえがなかった。思潮には露西亜民謡中の婚歌及び恋愛歌など趣味あるものがある。宙外の時文は悉く新刊の批判で埋めてゐる。誰かが来て呉れると宜いと思ったが一人も来ぬ。午后に些と外出したのみでまた帰って炬燵と心中だ。夕方翅紅が風呂へゆかんかと誘ひにきたので一パイ浴みた。隣の土塀の屋根裏へ三十三才が一羽這入たといふのでしばらくみてゐたがしまひに判らなくなった。活動写真を観ようと福助座へいったが已に木戸締切だ。金沢女学校の寄宿舎生徒がきてゐるのだとの話。

27日
朝の内、人を呼びに行ったがまだ寐てゐるといふので逢はずに帰えった。雑誌などを披げて読み、また筆をイヂクリなどしてる間にドンになった。飯が済むと炬燵で昏々と眠てしまった。姉が誰か呼びにきたと起すので出てみると、今朝訪ねた男だ。いつか蕭々雨が降ってゐる。しかしまもなく歇むだのでブラつかふと出た。途すがら活文堂へ寄って醫峰の請求をし、それから二人で歩いたも歩いた。半日の間迂路ついた。夕方翅紅子の宅へ這入り込み散々ぱら乱暴してかへった。春の夕雲を見よ。いかに融な景色であらふ。月が明かに現はれた。碧瑠璃の空には銀鋲の星が晃めいて、月の下から一道、乳の脈かのやうな白い雲が長う流れてゐる。氣も心も澄む夜だ。

28日
遅く起きて飯を済すと皆なが外出して了ふ。じめじめした春の雨の庭には雀や鶺鴒が囀ってゐる。梅はまだ咲かぬらしい。退屈さに炬燵で寐て了った。姉がかへってお昼飯だと揺り起すのに眼を擦りながら起きて出た。茂(注)は手甲を真赤にしてゐる。ふっと外を見ると意外！　まだいくらか趣のあった雨はいつか凝ってしまってそれがまだ削られて降るか、大片な雪が霏々として降り、道は埋まった。道理で寒いワイ、今日あたり帰沢すべき母はまだ遅れることだらうとうんざりしてしまった。

夕方障子を明けてみると絶間なく降った雪は高い垣の上に五寸許も積った。珍らしく終日蟄居を我慢した。今晩ある処で人と逢ふべき約束があったが、雪のためにそれも埋まってしまった。早や幾日かを無為に暮らした。二月も今日で終るのぢや。顧みて悔ゆること多し。

（注）茂（しげ）は姉の弟子の名か。

（3月）

1日

雪達摩の番附造って悦べる都人に、見せばやな雪の大加賀、白山を見よ、医王を見よ。弥生三月雪三寸、江東の梅信いまだ眉を舒ぶべからず。この時報ふ、岩手県下に積雪三丈と。この月は忙しい月だ。十日には陸軍紀念日で市中は煮え返るだらうし、十五日からは第六回博覧会が東都に開催されるし、暖かくなるまゝ人心が落付かぬであらう。昨夜来、同居の若夫婦間に悶着が起ってゐたのが、遂々破裂したものとみえて山の神はいづれかえ還御ましました。その捨科白が凄い。嫂曰く〝渋皮の剝けた女を叩き出して不具者でも貰え〟と。敢て他人を品隲するぢやないが、嫂の醜なるに比してホンの聊か洒落れてるのを笠に被てかゝる図々しい啖呵を切りよったのである。たかが仲居上りのすべた風情がと、我ことならば足腰立たぬ目に遇はしてやるものをと憤慨した。すべて女性にはこんな高慢なる驕誇心が先天的にいだかれてるから間違が起きる（の）だ。敢て無教育な者とは限らず、新教育を受けた女性には殊に著しき現象を見る。

訓めて曰く〝結婚は人生の墳墓である〟と。さりとて野獣主義を振まわせとでもない。また独棲主義でもない。詮ずる所は早婚を矯めよといふのだ。三十歳にしてまだ早婚の輩もある。四十歳にしてまだ早婚の者もある。自分の言ふのは人生に於て為すべき事業を成功し、而して後良配を択べといふのだ。とは言ふものゝ我自身がいつ何時、怎麼事情のもとに結婚せなきやならぬかも知れぬ。さてさて恃み難い浮世ぢやな。

誰かゞやって来た。出て見ると人相の悪い奴がインパネスの袖をはねて〝わっちゃ矢口の金太といふもんで、以後どうぞ宜しく〟と三尺口調で妙に親分にして了った。マァ這入れと座敷へ通して面を見ると、成程覚えがある哩。去年の夏だった、さる所でぶつかって、此っちは長物、向ふは石ころで、まさに喧嘩の花を咲かさうとした時、仲裁もなく睨み別れとなったその中の一人だ。それが自分の知人の紹介で図々敷もやってきたのだ。目下浪人してるんだから好い口が無いかといふのだけれど、此方が浪人の身の上ぢや仕方が無い。夕方まで居た。二人の者が遊びにきて散々乱暴をした揚句、演劇を観ようといふので出掛けた。今町で昔のラバー〝？〟に会ったが、彼方は姿を隠して了った。〝黄金窟〟は幾度となく観たが、始まりを観なかったので物足らなかったが、今日みるを得たので満足した。まあお崎が狂乱して斧を振りまわして死神岩へゆく所、月が上って波に暎ずる景ぐらいが宜いと思ふ位だ。雪がまた降り出した。が霽れたあとは冷光刃の如き月が麻の川の水にきらきらうつってゐた。母が帰宅して居られた。お土産の椀程な牡丹餅に満腹して寝た。

2日

心細い、どこかへ行きたい様な、泣きたい様な、死にたいやうな、心といふ極く狭い、また限りなく寛大なやうな、圏内に雑多なものが、こぐらかってゐて、微な響がする、それは絶望の悲鳴だ。微な光が射す、それは悲観の影だ。朝の内から母と姉を対手に衝突した。自分の就職問題だ。自分には自分だけの希望もある、理想もある。然しそれが砂漠に塔を積む如な自分の境遇で、何となく厄介者扱にされる如な気がして胸糞が悪い。

雪は相かわらず黙って降ってゐる。炬燵で考へ疲れて昏昏とすると誰か来た。出てみると苅萱子と薔薇だ。相変らず威勢の好いことを言ってゐる。醫峰を一部とって往た。しばらくすると苅萱子一人雪に降られながら遣って来た。また醫峰を三冊とって僕にも同道せよと言ふ。降るのに御苦労だが欺されたと思ふて連れだった。白月氏の寓を訪ふたがあらず、真正面からの猛烈なる吹雪を重い傘で避け、十間町を下りて宇都宮まで行った。博文館のもの丶外、新声もなし、ハガキ文学もなし。之れで御免を蒙らふと思ったが、雪は大きな蝶程に目口が明かぬまで降るのだもの、(注)三本足の子ひとりやる訳にもゆかず、塩川町の虚堂子宅で俳句の会があるのでそこまで送った。

（注）苅萱・尾山篤二郎は結核性関節炎を患い、右足を大腿部から切断し、松葉杖をついていた。

3日

二葉会第四回の記

今日は幸に降らない。然し寒いこと、いったら変らない。わが二葉会は二月に開会せなかったが、本月は盛にやる積で、両新聞に依頼した。いつもと半比列で北陸紙は三面に数行を割愛して呉れた。北國紙は依然冷淡にハガキ便で広告してくれた。

正午となった。日は煦々として路傍の雪を解かしてゐる。二三冊懐にしてブラリ出掛けた。日曜日だから町はさながら肩摩の雑踏だ。片町へでゝ宇都宮を覗いたがまだ新声の荷を開かんといふ。自焦れったいことだ。大橋から視遣ると月見亭の欄に誰の影も見えぬ。雨宝院へ寄て犀星子を呼むでみたが居ない。其ま、雪解の水に小さな翅虫がヒラヒラしてゐる蛤坂を上った。〝御待合〟と金看板に隣て中折にゴチックで新派短歌研究二葉会正午よりと苅萱のすさびで張出したは盛だ。二階へ上ると来てるのは幹事の苅萱子と村山国治君だ。

けふは余り寄らないね、と苅萱子が眼鏡を上へ向けて、柱に貼ってある滑稽な掲示をみてゐる自分に言ひかけた。失望の声だ。二時半開会の予定で待てゐるが来るべき人らが来ない。漸く一人、大内白月氏の同窓だといふ同人間の最年長者たる村井清貞君が初めて来られた。それっ而已、二時半になっても一人来もせぬ。仕方がないが開会とした。然し出席者は四人だが詩稿のみを送ってきたものは多いのだ。直に兼題三首の互撰に移った。今日は比較的佳作が多い。了ると披露をなし、しばらく茶菓に雑談し、又た席上題春雨二首を課した。しかし佳作とみるものは一もない。撰し終るとまた茶を啜すって語った。

頓て苅萱子が二葉会詩稿を単行本として発行することを提議した。けれど何を言ったって四人位では纏まらないから、次回の桜花爛漫たる候を期して公園で清談する時まで遷延し、それから絵葉書に各自の筆蹟を印し、抽籤を以て交換した。これは近頃流行する方法でポストへ投じ配達せしむるのだ。是で今日は閉会した。

思ふに本日は予想と大反対だった。われらは本日の如何ばかり盛大なるかを予想し、新たに起た新潮会同人に対し、窃かに勝利を予期してゐたのだが、図らざる邪魔は同人の上に降って今日の不振を現象したのだ。欄干越しに視ると、重畳せる群巒の内、尖、兀として迫るものは医王、宝達の山々である。唯見る暟々たる山腹は今落日の空を映して宗儼なる浄土を目のあたり見るかの如き心地がした。五時三十分、散会し、村山子と自分とは苅萱子に尾して寺町を上り子の宅へ這入た。子は自分に小説の材料を供するといって彼が友なにがしが振分髪時代からの純潔なる恋に敗れたる、いと趣味ある話をした。

七時頃から尾山座の北村演劇を観ようぢやないかと、物数奇極った、犀川の突端から浅野川の端まで電車も無い市街をテクテク出掛けた。途次、宇都宮へ寄った。新声には荊萱子の歌二首のみ、他の者のは一首もない。是れは過失、他の者とは我金沢地方のこと〝ハガキ文学には空穂撰で自分の歌三首、圏点附でてて居た。自分はいよいよ空穂調かしら。北村一座は黄金窟の次に秋聲作北国紙掲載の〝秘密の秘密〟を演ってゐる。評は他日に譲る。ハネたは十二時近し。月朧也。

本日の点式。

6　佐野天馬　　3　室生犀星
5　佐野浪子　　1　村井清貞・
　　村山国治・　0　野村雨城
4　尾山荊萱・　0　林　琴柱
4　大筆葩外　　0　前川　某
4　表　棹影・
　　　　　　　・印ハ出席者ナリ

4日
雨が降り出した。会社へ出て暇をとった。話に信用が無い丈冷遇される。苦闘七歳、贏ち得たるは何ものぞ。我頬痩せて我性陰険となれり。味ひえたるは苦辛耳。貧なるものは惨なる哉。乞ふ、労働に敗れたる弱者の生存が坤輿の上に於ていかばかりの影響を作るかを括目して俟て。午過ぎて帰た。安江が昨夜姉と衝突して飛び出したのだとて来てゐた。飯を済まして留守をしたが三時頃二人でちょいと歩いて来た。夕方野村君を訪問した。

灯ともし頃、彼の嫂が探しに来た。気の毒に思って連れて来て渡した。帰たか怎か。どこかへゆかふとソフトを攫んで外まで出たが、雨は細かく降ってゐるし、空には星の影さえ見えぬ暗さに怖気が付いて思ひ止まり、炬燵で新小説を読むで居る内うたゝねをして了まった。

5日

雨が少し降った様子だ。小鳥がせわしなく囀ってゐる。春だとはほんとに嘘の如だとこんな矛盾したことを思ふて見た。床の中で考へてゐた詩〝朽木〟を作りかけた。暑が颯と障子に陰をひくかとおもふとまたぱっと明るくなる。お午餐《ひる》を忘れて右に返り左に倒れして推敲した。午后荊萱子が来て二葉会詩稿〝桧扇〟の原稿を書いて行った。日がちっと永くなった。けれど経つのは早いやうに感じる。早や四時半だ。今日は会社の給料日だで出社した。五人の同僚が大和五個をプレゼントした。
帰宅してから風呂を浴み、家に居ることが不快を感ずるのでブラリ出た。暗い。何処といふ目的もないので見たくもない尾山座を覗いた。寒いといふので加登長へ上った。腹が膨張するとともに、身内が温かくなってきた。月はいま交換局を斜に朧に照ってゐる。

6日

御飯がすむとすぐ紙を買ってきて炬燵で墨を磨り、きのふ苅萱子が今度は僕にやって呉れと置いていった二葉会の詩稿を浄書しやうとかゝったが、今日はいかなこと。元来拙書は僕の特長なのだがさりとは腹が立つ。格別に気が置けるでもないが、怎しても気に喰はぬ、書いては裂き、書いては丸め無慮七枚を損じた。馬鹿らしくなって腹が立って筆を噬み折らふかと思ふたが、何でも是は気の向いた時に限るとそのま、そこへ捨てて置き、大塚楠緒子の〝晴小袖〟を読むだ。心憎い程に興味を感じた。其間には怎しても男子の想像し難い微を穿ってゐる。家庭の読物は須らく女性作家に俟つ可きである。

午砲に驚いて止め、飯を済まし、机の前に澄し込み詩稿を浄書し了った。僅だが貯金と互助会からの贈与金を受領するため出社した。貯金の方は支払用紙が無いため明日まで待てとの御諚。さりとは迷惑千万と心得つれど詮方なし。北陸新聞社へ投書し、尾山神社の石段を上った。梅は白いも紅いもポツ々々咲き初めてまだ香衣袂に満つとはゆかない。抜けて大谷廟所へ入ると鉦を鳴してゐる。雲が三色ばかりに彩られたまゝ日は暮れた。晩餐の箸を取らうとするとき警鐘が鳴りだした。外へ出てみたが焔の上るのもみえぬ。雲たゞ乱れて西の空は天魔の悶える姿かの様。すぐ止むだ。久しぶりに禁じられてる酒の味を舐めた。

7日

現なの夢にほゝえめる時母が枕元へきて〝ちと春の朝の新らしい空気でも吸ふては怎か〟と言はれるので直様起きてあれた口中を嗽ぎ、目耀やふ朝暾に面伏せながら、出て尾崎神社の石段を上り門を背にして立た。枯枝槎枒たる鴨脚の喬木の梢を一丈ばかりはなれて、淡い影のやふな半分の朝の月が消える人にのみ光と仰がるゝやふに淋しい。三番丁には多数の狗等が吼り合て喧しい。いろんな人物が通る。誰かの詩を読むやふに夜叉面もゆく。眇者も通る、銀杏返しも通る、マントも通る、軍人も通る。しかしそれが五分間に一人づゝ位だから朝の天地は静寂だ。いつか踵をめぐらして裏門の方へ来たが、また左に歩みよった。そこは自分の首が抜けて見ゆる程な低い塀である。そこに松や柿が二三本あって自分の好きな栂の樹がある。寂しさに囚はれてゐる自分はその栂の幹に倚りかかり、哀しい、或は楽しい空想を恣にした。思ふ子とも語った。運命に敗れて泣く者をも人にとって考へてもみた。朝の月がやっぱり白い。栂は葉も落さず、なほこの浄境は閑寂だ。

枯れし公孫樹に落ち残る
あしたの月の影うすきに、
たづぬる人の夢さめて
春の船路は寒からむ。

飛騨は山国、背の丈の
薄のなかを流れては
いづくの石を洗ふらむ
水、あゝとはに冷なりけらし。

われを知る信の友あらざるをおもひては涙はおのづから頰につたふ身だ。つと幹を放れてそのあまり大きくは無い石の前に蹲踞まった。緑芽が寸余り生えいでゝゐる。石に触れてみた。冷たい。叩いてみた。何らの響が胸に伝はらない。

石に似たりと、
灯に背き
黙読すなる宇治十帖
言葉すくなき君ゆゑに
雲の夕はふたりゐて
迭に涙あやしみぬ。

これはた、常世の恋に拗ねたる猛者がかくれの涙や凝りけめ、冷たきものよ、爾石！　世がをひをひ騒がしくなったので、さらば栂よと起った。かへれば皆は朝飯を済して自分ひとりの椀が侘しげに卓の上に置かれてある。気分は清々してきた。
午后、出社して貯金通帳を受取り、金城貯蓄銀行へ行て支払を受けた。お天気が好いもんだから町が雑閙してゐる。大路はサヽヽヽと砂煙を揚げてゐる。そのなかを乗馬の軍人や紳士が蹄を鳴して駈けてくる。砂煙はますます揚る。宇都宮で新声とハガキ文学を買った。夜雨の詩集二十八宿が無いかと問うたがまだ来てゐない。待遠いことだ。かへると母さんは大谷へお詣りだ。るすの間に安江の嫂さんが昨日店開きをしたんで来て下るかと待ってゐたが……これはホンのひとつと僕の大好きなお饅頭を持ってきて呉れた。お気の毒千万だ、何処のハイカラかと狼狽した。どこかの汽笛が消魂しく長うあとをひいて哀しげに鳴った。夕の寥は破られた。豆腐売の鈴が寒い如だ。犀星を訪問したが居なかった。しばらく雨宝院の橋の欄干に靠れて待ってたが帰らぬので空しく引返した。途でまた二三日わするヽことのできない俤の人に会った。しかもそれが再びは愜はぬ行摩りだから悲しい。空は瑠璃色でどんよりの黒いは森の影である。星がしばしば流れる。帰って、はかない夢を抱いて寝た。

8日
眼を醒ましたまヽ、夜具の襟を肩へ圧しつけ、うっとりと物を思ふてゐると勝手で母とよその老母が何か話し合ってゐる。耳を澄ますと自分の幼い時分の話だ。同朋の中で一番可愛らしい、清しい顔をしてゐて父の肩に乗って莞爾々々してゐたと、今きけば懐しい我面影を語ってゐるのだ。哀しきは思ひ出なるかな。色黝き慈相は索ぬれど我頭を撫づる温みもなく、八とせの月日はいかに苦痛を与へしか。眼の奥に育める面影はとはに老ひず。あわれ、母も老ひたまひ姉もかわりたまへど、唉、天真の面影よいづく。

尾崎神社の境内へ入ってあの栂の樹へ倚りかゝった。何となく押っ覆せる如な天で、一面に灰色が漲り渡って、鈍い光だに差さぬ。いつも山の影がある方も枯れた林も模として淡い霞が引いてゐる。雨だなど、荷車を索いて市場へ通ふ頬被りが呟いてゆく。山鴉がはだら雪の社の棟から北へ飛むだ。

世に秀れしとくはしさに
寄りて讃へし思ひ出を
語るか人よ、春寒むき
格子の内に紅絹《もみ》のべて
針穴《メド》へ貫らぬ絲を倦み
老を嘆きしつれづれに、

さめたる夢の長短

迭に古りし面影に
涙するをば止めたまへ

濾にハラハラと大粒なのが降ってきた。いそいで帰っちまった。午后尾山神社を散歩すると友達に逢ひ、誘はれて尾山座へいった。日暮にかへると尾山君が二度も来られた相だ。今夜は早く寝ようとしてゐると山口がやってきた。ぜひ来いといふので公園下の休憩所へゆき、浅酌した。そこへ兵器支廠の職工が六七人きて一所になり暴飲を始めた。固より自分は未知の者だが山口は同じ連中だ。後に七人で東廓の越元へ登楼し二時過ぎまで騒いだ。そのあとで珍説妙法な出来事があったがいわぬが花だ。思いだしても馬鹿臭い者共だ。

9日

雨が細々降ってゐる。飲もせず喰ふもせず、終日寝た。日暮頃山口が之も寝不足らしい眼してきた。散歩してみたが、市中は明日の準備で煮えくり返る如だ。今夜犀星子を訪問したが又もや留守をくった。腹も立てられぬ仕末だ。それで向方は何彼と噂をしてるに相違ない。帰宅したが九時、すぐ寐た。

10日

陸軍紀念日だ。軍隊の市中行軍あり、営内の参観を許さる。各隊に余興あり、また自転車競走、角觝等あり。市中は各々意を凝して装飾された、満艦飾、アーチ、幔幕、軒提灯、生花など至るところに花のごとくひるがへり、雲のごとく棚引き、十万の市民と県下の民は盛装して押合ひ犇合ひ、実に未曾有の雑踏を極めた。劇場及び寄席は各々木戸を締切った。夜になって尾張町より片町に到る道筋は麕集せる人民で堵の如しだ。それが別に目的があるのでもなくたゞ歩いてゐるのだ。御苦労な話で自分等もその仲間だ。

八野の伯母さんと北海道から帰郷してゐる従姉とが知己の少女を倶して来た。珍らしい。祝杯を挙げる筈だが頭痛がするため禁じられた。岡本と二人で公園下の休憩所へ這入り、菓子二鉢、鮓四人前をブッ平げて了った。それでまた飯が遠慮も無く腹へ入るから驚く。中林と末村と自分と三人、一夜に三四哩の道を歩いた。二時頃漸と他所で泊った。

11日

ケロリとした顔の三人が尾山神社の境内で一同に、アー腹が空いたナーといった。そこで下へ降って菓子を買ふて来ることになり財布の底を敲いて二十五銭、使は自分に当った。三人でこれだけの餡飽を喰ったら流石に咽喉が甘くなって厭になった。紅梅に朝の月がでゝゐる。こんどは寒くなった。帰ったが飯が拙い。博労町の経業堂へ行って桧扇の原稿を受け取り追加した。尾山君が来た。一しょに殿町の白月氏の寓までちょいと道寄りし、引返して尾山神社を散歩した。午近いので茹萱子は皈った。自分は北陸新聞社へいって昨日のを一枚購ひ、かへった。二葉会の詩稿がやっときのふのに掲載してある。それも前半だけで本日はでず、後半は明日の紙上にでるだらう。誤植の多いのは顰眉のいたりだ。

12日

母と伯母と従姉と大和風呂の前に鼎座し、自分のことに就いて何かと一時間程も語ってゐた。結着は思ふ侭に振舞わせるより外はないと皆なが噤むだ。自分は八野の伯母様の宅へ今日共に来いと言ふ。処は能登国羽咋郡南大海村だ。目に浮ぶ田園生活！　自分は即座にも諾《ウン》といひたいが、そこにまた顧みらるゝ事情があるので厭だと答へた。頓て姉も帰ってきて行かふとすゝめる。行かうか、行かずにをこふかと思案に暮れてると伯母は頻に是が名残だから来いと言ひ、北海道の従姉は山を厭ふのだと早合点して無暗に山を見るのも一興ぢやないかと促す。姉は自分のことを偏狭者だと言ひだした。這ふして皆で言ふと却て拗ねてみたくなるもので、故と皆が急いでゐるのを北陸新聞社まで行き、帰ってまた片町の宇都宮書店まで出直した。けれど罰は立処で夜雨の詩集〝二十八宿〟はまだ来てゐなかった。

自分の煮え切らない応へに姉は焦燥たがって果ては私も行かぬと言ひだした。で自分は漸と詮方なしに行くといふやうな承諾をした。膳に向ふても側で急がすので碌に喰はれない。一時二十分の七尾鉄道でゆかふといふので支度をした。自分の支度といったって何にもない。たゞ新刊書が無いので読まずの三月の新声と水彩絵具、筆、鉛筆、紙、これだけだ。俥を傭ふて病気の少女を先に遣り、女ら三人を出し、悠々とふだん着のまゝ、停車場へ向ふた。朝の華かの晴にも似ず、折悪しく雨がふりでた。急いで着いてみると列車は既に着いてゐる。鐸声頻り也。皆はと睜まわすと居ない。怎うしたんだらふと今度は自分が焦慮して雨漱く駅頭に立てゐたが来ない。その内列車は汽笛を鳴らして動き出した。がっかりしてゐると漸と雨に袖を濡しながら来た。お互にがっかりして見合すばかり。六時まで次を待つのも阿呆らしい。兎に角二時五分の富山行で津幡まで行かふと決した。自分一人、待つのも馬鹿臭いと家へ取って返し高下駄に履き替へてきた。十日の紀念祭に出沢した連中が多いのでプラットホームの雑踏たらない。客車は犇々と詰めこんで鮓の如だ。それでも辛ふじて腰を下すことができた。隣って初々しい丸髷姿が始終俯向き勝に、寄り沿ふて窓の外をみてゐる。

窓の外は見馴れた景なので格別の感興もない。たゞ所々敗荷が狼藉してゐて雨が細い。三里余の道程は空想の端を捉へた頃津幡に着いた。雨だとみて俥夫が煩く勧める。足元をみて勝手な値を吹き掛ける。堪らないといふ程の雨でもなし、雨具もあることだから、こゝから指江まで徒歩することにした。津幡の町で新らしく目に付いたものは、津幡町図書閲覧所の看板だ。町の尽端の田の畦に花の黄いのが咲いてゐる。菜種だ。山路の闇を恋ゆえに、忍ぶ男がつれづれに、折て捨てたか一むらの香あたらしき杉の花、水田に浮ける。右手を仰いで憶ふた。峰と峰とに囲まれた千仭の谿に霞うすう罩めて、黒い火葬場が影をみせてゐる。丙午八月、こゝを通うて〝斗酒暴吟〟の腹案を得たのだ。

足が疲え切た頃、指江に着いた。叔母の宅へ寄りて少憩し、七時二十七分の列車に乗ずべく出たのは五時ちょっと過ぎ、雨は晴れず、ポツリポツリと大きく蝙蝠傘を打てゐる。村端れの大松の下に立て大風が稲を倒した曽遊の頃を思ひ出した。橋を超ゆること三四、道は濱に近いので砂みちとなり、歩行に困難なこと夥しい。漸く宇野気の停車場へ着いた。便所の如な小ポケな所で、あたりに茶屋一軒ない。それはまだしも駅内には人さえゐるのかゐないのかわからぬ。六時にはまだ十五分も間がある。まだ余程待たなけりやならぬがしかたがない。包みを解いて新声を読みかけた。松原至文の詞壇小議などまた好文字といふべしだ。

暗くなって判らぬやうになると駅の事務員らしいが二三人来た。灯は点いたがこの寒風に火が無い。散々待ち倦ぐんで外は全たく昏れて闇となった。後ろの松山から頻りに寒い風が吹き颪す。時刻を過ぎること四分にして列車は暗黒の巨魔の如に駛ってきた。啍と吐息して乗り込み、安心する間もなく横山を過ぎ高松へ着いた。こゝは近郷での枢要地とみえ、パン売も来る、弁当売も来る。雨は幸ひ歇んで空は星が降りそう。髯を生やした少女の父が提灯を携へて迎ひにきて居た。真暗で、殊に山道だから嶮岨なことったらない。六七人の連ができて一里余の路を歩むだ。闇だもんだから沿道の景が些とも判らぬ。たゞ折々水田に映る星の光に思ひだした如に黒い円ろかな山脈を仰ぐのみだ。淋しい暗いこんな山道だが決して静かぢゃない。どの辺からか鞺鞳たる水音が聞えてなほ粉挽きの水車が児童らが悲鳴のやうな奇声をあげてゐる。路はますます険に入る。凹たれば忽ち凸に、斜たれば忽ち石塊兀起し、真に磊々塊々、一歩を蹣跚として酔へるが如く、一歩は蹌踉として締りなきが如し。ゆくもかへるも爪先上りで、ピラミットの如な形の車などは無論通れない奇橋を渡り頓てや丶坦道にいづ。馬手に凄じき呻を発げながら激流奔湍、白泡を飛ばして走る。これは大海川なり。香魚、鮭を産すといふ。長橋あり。十七間にして大海橋と称ふ。河流汎濫のため流失して以来欄干が無いのだと。走ればビクビク揺れて随分危険な橋だ。これを度ると直ぐ自分等の目的の家だ。医師で先頃主人が死亡したので、北海道へ行ってゐた娘が今度伯母を連れにきたのだ。伯母は齢古稀に近く、猶矍鑠たること壮者を凌ぐ許だ。それが最う見納めだといふので紀念祭かたがた出沢し、自分らを連れて来たのだ。腹が滅法に空いてる。早速留守居の者に飯を焚かして満腹し、冷たい布団にくるまった。瀬の音が耳につくが、疲労には勝てず夢に入った。

13日

廓然として晴れた。背戸へ出てみると、懐しい景がいま眼のあたり展開されたので嬉しくて堪らず、朝飯もそこそこ、露繁き磧へ下りて絵筆を大海川の清冽なる流に洗ふた。ひよろ松が四五本蹋まった上へ覆ふやふに生えてゐる。絵具を溶いて、カンバスなどの面倒もなく膝の上で花野山一帯、緑の松林、鶕色の芝山など、麓の銹色した木立を繞って流るゝ大海川を写生した。雲が日の面を曇らして過ぎるたんび、河浪が色を変へる。山から薪を負ふて若者が三々五々下りて来た。帰って今まで絵葉書を二枚作しらへた。

午後、姉とふたりで橋を渡らず、畑に沿ふて岸を歩いた。河楊が水の岸に叢々と咲いてゐて、そこらに青光りのする小さな飛ぶ虫がたかってゐる。爪先で砂をかけるとバッタバッタ蜚ぶ。一体この道端の石は河からあがる故だらうが、一として浄美ならぬはなく、奇形ならぬはない。そして砂金のやうなものがくっ附いてゐる。或は上に鉱脈などがあるのかも知れない。山へ登らうとしたが路が杜切れてしまったので引返し、西山が前に突立ったのを控へた田圃にをりて二寸余の青草を踏むだ。絵のやうに春は夕となりゆく。姉は先っき拾った石をだして賛めたり、山を指さしてよろこんだり、稚気満幅だ。自分は悵然と画中の二人が運命を嘆いた。たかきは宝達の嶺から、花野、鳥野の山々から湧いた醜雲が、川を夾んだ眉丈山と西山の間に縺れ合ってる雲と合すると、悪魔の五臓のやふに汚い色で狂ひまわってゐる。旅鴉が一羽、戦闘に疲え切った如に弱々しく雲を目蒐けて翔ってゆく。暉は西山の陰へ落ちかゝって雲はしばらくで凪いだ。たゞ百里を隔って山見るごとくに片寄って、空はうす明るくなった。雲は栄えず、淋しい夕であった。

夕風寒し。白鶏が二羽、鴇色なのが一羽、六羽の雀もまじって餌を漁ってゐたが、ふと畦に萌えた蕗の薹に嘴をかけた白い一羽に陽炎が散って、橋は半ば杭より霞むだ。宝達山ならまだ雪があって、あんたたち、まだ登れんでえすよ、・・・そうでございますね、まあ二里の余もありますべえ、炉辺へ集まった村の者が言った。高足駄で上らうと元気を抑えて来たのだが、この言を聞いて失望三嘆した。それぢやせめて秀峰の面影でも写してゆかふと明日を期して、叔母がだして呉れた古雑誌などを床の中で読みながら寝た。

14日

ここの家の如に人の集る所も蓋し尠なからふ。一つは伯母が話好きで誰でも対手関ず茶などを馳走して語るからだらう。早朝から喧しい女どもがきて喋々饒舌ってゐる。まあ一日平均二十回は他家の人が出入するだらう。起きて飯を喫し散歩にでようとすると雨がポッポッ降ってきた。遁げこむと、外を赤毛布や莫蓙を被た小学児童がドヤドヤ通る。学校は二軒隔って隣にあって村校にしては却々贅沢なものだ。尋常科のみを置いてあるのだに建物なども町の学校と甚だ逕庭がない。前庭には機械体操などの設備もある。画を縮めて宝達の白雪斑な嶺を加へて二枚製し、別に墨絵で大海橋を写した。昨日から餅類を喰ったので胸がゴッツリしてゐる。田園生活のいかに平和なることよ。日ねもす、炬燵に蟄居してゐたって鶏鳴は瀬の音をへだてゝ絶えずきこえる。来るものは朴直なり、山水は清浄なり、誰か単調無趣味を言ふものぞ。雨に風が加はった。日ねもす一間に籠居して小説を読むだり、筆をいぢくったりして、いつか反倒って寝た。夕方さまされて外へでてみた。寒い。宝達はみえず、八百山脈は霧罩めて、河は目の達く限り打煙って瀬の音が地の底の声のやふに微妙だ。眉丈、西山の間を汚い雲の截片が疾走する。淋しさがふはふはときて袖に止まった如な気がした。背戸の垣に大きな穴が明いている。蕪盗人かと思へば留守中に小学生徒が白藤を学校へ移植したのだ相だ。白尾の親戚だといふが来た。其の言行を見たり聞いたりすると恐ろしい汚い慾な奴だ。

明日は佛の日だとて、叔母は御馳走に忙しい。濁酒の燗もつけられて、膳には鰈の刺身、蛤膾、卵とじなど並べられた。炉のそばは人が寄って騒々しいので奥へ引込み、書を披げるまもなく眠気が潮の如く襲ふてきた。

15日

涅槃会には雪が降るのはあたりまえといってるが驚かざるを得ない。山も木も橋も畑も白くなって、チラホラと絣の如に降ってゐる。寒いことといったらない。顔を洗ふにもこの里の水は井戸からすぐでも冷たいこと指が切れ相、それでも我慢して嗽がなきゃならぬ。午前は閉じこもって筆を弄くった。自製の絵葉書を二枚投函する。午后になると忘れた如な天気だ。白いところは探してもなく八百山脈は鮮に秀でゝ、雲は碧と藍の空を或は白く円く或は鼠に長く思ひ思ひにはしってゐて目眩るましい程明るい。屋根へ上ってみると宝達はきのふにまして雪を戴き、白銀の如に輝いてゐる。ぶらりと一人でゝ橋を下流に往てみた。寒いのが堪らぬ。

明日は大抵帰沢の筈だからと鳥野山を見あてに高下駄で、細い流に沿ふた畦路を伝ふて歩むだ。ふとみると左手の藁屋の背戸に一もとの野梅が満開で、白う、尊う、馥郁としてゐる。思ひかけぬ所で掬すべき野趣と愛すべき嫻雅を味ふたは嬉しかった。め手、花野山の一部は樵夫がのぼって伐木してゐる。斧の響が丁々と瀬の音に谺して無残な山腹にはうすい霧が這ふてゐる。風が寒くて殆ど面をあげえられぬ。動ともすると田へ顛けようとする。畦道を紆余曲折して遂々上った。しかし低いので海が見えるでもなく、四辺を囲むものは山ばかり、雲は天日を囚えて早や西山の空に悶える如な光を洩してゐる。汗を流した効もなく、充らないので帰路を索ねた。山嵐は冬の夜の風の如に鋭く、耳朶は固くなるし、鼻孔が痛むし、全力をだして走ったため足を挫かんとすること再三、漸とかへることを得た。風呂が湧いたからゆかないかと誘にきたので皆なが出て行た。後で一人静かに詩でも考へようとしたが、一向にインスピレーションもこない。そのまゝ打倒れて空想に耽った。強い嵐が対岸の森をゆさぶってポッポッと雨らしいが窓を撲つ。定めなき天気だ。

16日

今日は帰らなきやなるまいと目が醒めてからも務めて妄想に耽らぬ如に脳をやすめた。元来田園に足を入れたのは一つは日ごろの鬱憂を晴らし昂進しやすい神経を抑へるためだったのだ。それが兎もするとより執拗な妄想に冒されるので、却って静寂はわれらに害ぢやないかと思った。

起きてみると何事だ。殆ど山の形さえ識別されぬほどの粉雪だ。これでは堪らないと撻乎と炉辺に腰を落着かす。祭礼だといふので姉らは鎮守へ参詣に行った。帰って共に午飯を喫したのは三時近くだ。隣家から御馳走に招れたが頭痛がするといって自分だけ断った。夜は皆が御坊へ参詣する。自分は相変らず引込み主義。

17日

今日こそは起きてみると更に驚く。雪は凡そ四寸も積った。それで西の方に青空が少とばかりみえて朝暾が晃いてゐる。氷柱が藁厢に梭の目の如に下ってゐる。あゝ能登は山国雪の国だ。

七日ほど山国にきて虐は　せまりそめきと雪を侘びぬれ

炉辺へくると伯母が貝を焼いて呉れる。もう一日ゐよ、ヤリ牡丹餅をしてやるから、そしたらお天気にならぬでもないと。それに決まった。炬燵の籠居五日、読むべきは読みつくし、書くべきは略尽きた。午后から雪が融けはじめる。

午後、北海道へやる手紙をかいてくれろといふので書いた。小学校の教員と若者がパチパチ下手な烏鷺を戦はしてゐる。何がな腹案もないかと考へた末が、里謡を集めようと、来るものもってに訊いては記した。すべて六十五首、勿論早卒の場合とて誤謬もあらうし、この外にもまだ幾らもあるのだが、さう一々書く訳にゆかない。よしと思ふものを二三書いて置かふ。

一、一の谷から二の谷までも蜘蛛が絲はる女郎蜘蛛が
一、昔馴染と昨年の暦今年有れども間に合はぬ
一、仇なちよいと惚たばこの煙次第々々にうすくなる
一、世間渡らば豆腐で渡れ豆で四角でやはらかに
一、わしとお前は奥山躑躅さいて居れども人は知らぬ
一、人がいか程悪水させど私しや石川にごりやせぬ
一、女郎は二階の格子の梅よ客は鶯きては呼ぶ
一、思ひ初め川渡らぬ先に川の深さを知らせたい
一、親の意見と茄子の花は千に一つも仇が無い
一、烏羽根ほど染めこんだ仲を添せまいとは親の無理

一、私とお前は竹やら木やら人は縄やらゆひたがる
一、わすれしやんすな山中道を東や松山西や薬師
一、お月様さえ桂とふたり私や山路たゞひとり

這麼ものだ。その大くは恋を謳ふたものだ。中には殆んど公誦しがたいのさえある。

伯母がきて、自分には従兄にあたる北山清太郎氏の伝を聞いた。世に隠れたる歴史の裏面にかばかりの事実が潜むでるには一驚を喫した。まさか実子が母に対して自身を潤色して語るよふなことはあるまいから仮空な談でないは確だ。氏は維新後、かの彦根騒動により押隠居となった越前の城主と共に品川に住み、警察署に奉職せるが、不図病痾に冒され日々夥しく吐血した。然も貧にして充分の療養も愜はず、故郷に書を遣っても諾いてくれず、孤立の惨に陥って空しく命の窮るを待つよりしかたのないことになった。此時越前侯是を憐んで八方奔走した。たまたま西郷隆盛あり、是を救はんことを誓ふ。

茲に於て加賀前田中納言の落胤と称し〝即ち平民を隠して……母は乳母の格となれるんだ〟三十五万石肥後熊本侯の嗣子一女某の養婿となった。孜々として病を養ふ内、十年西南の役起りて隆盛の敗亡に帰するや、病癒えたる氏は義を尚び隆盛と共に落ち延びた。世は混乱の時代也、隆盛は表面自刃したるごとく又世間にも信じられてゐた。其後金沢に来り、十四日逗留してゐたが、蓑を着けて市中を歩いたが是を洞破する者が無かったと。爾後二人は暹羅地方に遁竄し全たく世

に忘られてゐたが、五年にして帰朝した。世は漸く平定して彼等を追及するものは無かった。其後の隆盛の動静は多くきかぬが、多分は世を改へたのであらふとのことだ。氏は現今澎湖嶋に在りと。

　語り了って伯母は自ら鵙が鷹を生んだと哄笑した。夕方、庄公といふのがきて鮭卵孵化場へきて視てくれろと言ふ。寒いのも構はず出掛けた。花野山麓の左側に新しき小屋がある。先の日そこを通ったがちっとも気が注かなかったが、其処が孵化場だ。昨年は村役場がやって失敗したので本年は彼の庄公の家が管理して行ってるのだ相だ。大海川の分流を樋を以て引き、水は石、木炭、棕櫚皮、石を重ねし箱に依って漉され更に次に置かれたる同様の箱の下部より湧出し、槽の内へ流れこむのである。されば水は絶えず新陳代謝して清々としてゐる。槽は第五槽まである。蓋を除けばまだ卵の半ばを腹部につけたま、の寸余に成ったのが簇々と河藻の如く寄合ってゐる。試に掬ふてみると腹が光って麗しいこと、可愛らしいこと無類だ。屋内には日記帳もある、寒暖計もある。毎日験べるとのことだ。説くのをきけば、原種は越前より来るので現在のものは昨年十二月三十日に入槽したので凡そ一週余にして孵化すると。成長後他の広い所へ移し更に川へ放飼するので一年后には尺前後、三年を経て始て一貫余の代物となるのだと。本年の孵化数は大凡十六万、滅多には死なぬとのこと、中には双頭或は両尾の畸形のものもあると言ふ。金沢から来る人は大概若干を持帰るとのことで、自分にも勧めるので畸形の物を索ねたが双頭のもの三尾を得、両尾のものはどうしても見付からぬ。夕方で暗いため是非がないので普通のものを三十尾の余も貰って帰た。嵐がヂカに颪してくるので寒いこと、骨に徹する。

橋の袂に立ってみた。この二三日ちっとも栄えなかった雲が眉丈と西山の間に、金龍藍の海を翔ける模様の裲襠をみる如だ。鳥野の肩に誰が口紅の痕か、二條三條、褪せかゝってゐる。静に暮れた。

18日

雪が降ったが少ないで凍った。朝の磧にはまぶしい日がきらめいてゐて蛇籠に鶺鴒がゐる。雲がだんだん晴れゆくやうだ。七尾鉄道の発車時刻が改正になって一日に五回発することになったため、二番は十一時十五分になった。出掛けようとするとまたすこし風がでゝ雪をちらちらみせる。最后とならむ訣別を伯母に告げて出た。従姉は停車場まで送てくれるといって跟いて出た。北海道へ移住する者が非常に夥多で、これら一家の者が行李を背負ひ、或は馬に駄して赤い毛布を被せたりしたのが橋を渡って長い往還を点のよふにゆく。じぶんらも柳の蔭を放れて最后の顧眄を払って歩きだした。風の寒いのは山の下を通るのだから堪らない。凍る位だから手指が堕ち相だ。高松停車場へ着いて一時間余待った。移住民と彼岸詣りの人とで狭隘なる場内は稀な雑踏を極めた。やがて吹雪のなかを邁進してきた金沢行に搭乗し、降りしきる雪の中を駛った。始は両側とも真白になった山ばかりだったが、その次は両側とも松林となった。今日から彼岸だといふのに、この雪は何事ぞと車中の人が皆呟いてゐる。来月だったら両側が桃の花で彩られて絢爛目を奪ふばかりださふだ。雪の中を衝て走った汽車は本津幡近くで急に停車した。まさか機関や軌道の破損のため立往生でもあるまいと思ったのは杞憂で、富山行の列車を待合し道を岐つためなので頓て富山行が過ぎると動きだした。汽車が加賀へ入って上るに随ひ雪が少なくなった。津幡を放れると田の間には白い処などがちっともない。降ることは違はず降ってゐるがやはり少ないとみえる。

金沢駅に着して下車したが妄想から蘇生したばかりの自分は迷って出札口から出ようとし、見ん事剣突を喰った。立派に田舎者の先祖位に成った。俥を命じてはしらせたが風のために雪が幌の内へ吹きこまれて冷たい。家の前に止まって啍と息を吐いて這入たが母は居ない。何しろ十二時すぎだで飯を喰った。

机上は蕪雑に取乱されてゐる。一々整理すると紫總子から封書、弟からハガキ、野村君から醫峰、金城文壇会から用紙、新聞が六日分、炬燵で片ぱしからしまひつけた。文芸社から紫陽花改題〝北光〟を附箋つきで送ってきた。曰く男性的なりと。韻文雑誌が故と蛮カラを装ふは与せん、内容の革新も声の大なるににず実が振はない。夜に入るといつか地上に一寸余も積った。半煮えの飯が胸に痞えるので苦しいこと夥しい。翅紅と雪に関まわずでかけて谷久で腹を拵え直して帰った。
留守中に遺憾だったのは大坂日報社が主催せる文士連のお伽芝居が尾山座で三日間開催されて、今晩で終るとのことだ。金沢も進化した哩。今夜は社日で神楽の音が鼕々と夢にひゞく。

20日

雪がとけかゝって、まだチラリチラリしてゐる。太陽は輝いてるのである。知己の人がきて自分の身上について醇々娓々と説きいだし、あれは怎か、これをやっては如何か、ひとの肚裡を知らねば煩いほど言ってくれる。新説だらうが邪推すればできるので遂には腹立たしくなった。安江を訪ねた。野村君が座に居る。試験で今一時間の休暇を利用して来てゐるのだといってゐる。何日帰って来たのかと皆が驚いてゐる。やがて野村君は帰る。安江は十二銀行までゆくといふ。一しよに出て宇都宮まで行った。二十八宿を請求するとまだ六日待てと言ふ。書肆なんていふ者はのん気なことをいふもんだ。石川屋には早や桜餅の看板がでた。一週間の北國新聞を読むで、命じられた佛龕の掃除を終ったら日が暮れた。筆を持っても頭が乱れて字を誤ったり、飛んでもないことを書いたりするので哀しくなり、筆を抛て寝た。

21日

曇った日だ。午后の三時ころまで留守をしてそれから鮭の子を三四疋保栄茂罐に入れて翅紅子の宅へもってってやった。ふたりで大手町へ出ると、末村と真舘が繍眼児籠を提げてゆく。これを呼んで四人連、春風に吹かれながら憂事知らずがに散歩した。足の向くま、五宝町まできた。彼岸会に詣る善男善女が引きも切らず、少林寺の間には数旒の旗幟が翻ってゐる。中には地獄極楽の仮想画が掛って、有難そうに説明してゐる。好い夜だ。五日ばかりの片割月が瑠璃の宮から、ものくゆる下界をかいまみるやうに、春の星がキラキラと林の影に散ってゐる。風は寒い。苅萱子がきた。

22日

彼岸の中日で春季皇霊祭だ。朝から曇天で雨は必定と思ひながら傘も携へず、朝ぱしから犀星子を訪問した。先生近ごろエビシデ(注)を始めたとかで夜間居ない相だ。天嶺きたる。黄天狗連早速俳句の題を課して曰く、余寒、乙鳥、木瓜と。けれど其うちに主人公が山科行を提議したので滅茶々々となった。雨は果して降ってきた。

醫峰は遂に潰えた。原稿を悉皆受取り、花守日記と蝙蝠傘を借り、新橋の方へまわりテクテクと大損な道を歩むだ。僕生来蝙蝠傘を好かず。これをさしたのは生れて今日がお初なり。大橋下に網を打ってる人がある。細い雨が車の上の笊へそゝぐと鱗がはねて小鯛の色がましてゆくかと一香がする。

夕方、また傘なしで翅紅と二人、安江を訪ふた。ハモニカ、竪琴、明笛など喧々弄んで雨に降りこめられた。傘を借ってかへる。葬式の列が通る。雨蕭々たる薄暮、灯籠に守られてゆく柩はいかに淋しきものなるよ。わけて貧しき人なるに於いてをや。雨はじと降りになった。来る筈の誰々が来ぬ。寐て了まった。

（注）エビシデはＡＢＣＤ。犀星が北國新聞記者・岡谷天芥に英語を習い始めたことを指す。

23日

雨がやまぬ。文芸社の歌稿と紫總子への返簡、大坂の叔父へ書牘とを書いた。午后は晴れた。ポストへ投じてすぐ散歩した。所々紅梅の満開なのが目に扯く。学校が試験休暇なので学生が歩いてゐない。殿町楼に千田やの織物陳列の国旗と球燈が紅梅の枝へすれすれに風に揺られてゐる。母と同伴の若い娘、芸妓らしいものが沢山這入る。予て兎や角評判のあった風葉の〝天才〟が朝報に出た。曇った空に月がうすらと現はれて雨の粒が五分程間を措いて鼻の頭を打つ。湯へ入ってすぐ香林坊辺まで行ったがすぐ引返した。南町へくると本雨だ。

24日

不快だッ。ものも言はない。障子がうす赤い色に栄えて畳へまでルビーの反映の如な色を投げてる。庭に紅の襦袢を干してあるのだ。障子に明るい幻灯がうつりだした。いやそれがくるくるまわる。波紋のやふなものだ。椽に鮭の子を入れた鉢の水に日光がかぎろふのだ。

日曜でおまけに天気が好いもんだから陽気に浮かされた連中が公園や尾山神社に引きもきらず、ぞろぞろと散歩してゐる。梅は大方散りそめて紅梅などがちらほらと落ちるのは艶だ。夜にかけて歩いたもんだから流石の健脚?も辟易した。加旃、腹が空いてきた。寒い。十時すぎやっとかへった。

25日

雨がふるでもなく曇然した空で、風が恐しくある。時々城頭からおそろしい呻きをあげて押寄せては庭の棕櫚を揉んで雨かとうたがはしめる、ひねもす。夕方、きれいな豊旗雲をみた。樺、橙、玫瑰色、藍と段々に流れて、パッと残光に栄えてゐる。軒下に立て恍惚としてゐると赤毛布きた能州の叔父と叔母が京都の彼岸会に参詣した帰途だといって伴を三人も連れてきた。忌憚なくいへば余り無遠慮だ。いくら親類の家だって宿屋ぢやあるまいし、縁もゆかりもないものを、能うどさどさと連れこまれたものだ。わけて狭い家ぢやないか。自分は不快を催して夕飯がすむとぷいと出っちまった。翅紅をよんで福助座の夕霧伊之衛門をみた。家へ帰るもいやだと加登長へ上った。若い美的を伴れた男がシガアーを一本呉れ玉へとムった。厚面しい如で捌けた先生だ。十一時過ぎ、翅紅の宅で泊ることにして遽に炬燵に火を発すやら蒲団を引張り出すやら混雑して抱き寐をした。

26日
密と家へ帰って裏から這入り机の上の花守日記を持ってまた尾崎神社の栂の樹の根方へ行った。読んでる内に騒がしく人が通る様になったから渋々帰って飯を喰った。明印会社へ遊びに行った。かへると竈に沸々と白豌豆を煮てある、大好きだ。

羊羹色の紋付を一着に及んで袴は尚鹿爪らしく、老眼鏡をかけて疎髯ある先生が家屋税の追徴税一銭を徴収にきてさんざん気焔を吐いてゐる。下民の青が将校連を赤肥りさして夫人方はペン琴を弾いてゐる。まあ二三年は苛税負はなきやならぬでせよう、と、なかなか面白いことを言ふ先生だった。瓢箪町の天神様がお祭りだ。安江を訪ふて灯ともれ頃までゐた。月が冴えてゐる。晩餐後ひとりで散歩した。十間町で会ったハイカラは慥にさふだと眼星をつけて跟けた。松原町へ折れたから、何気ない風で呼んでみた。鉄拳の制裁をも加えてやるべき奴だが性根こそ図太くても、たかがかよわい女性だ。しかも彼女は先頃の社会的制裁以来怖気がついたか、脱れがたいと観念したものとみえて、秘術で籠絡しやうとまづ嫣然眉笑した。いきなりこんなことをく。〝あのわたし、写真を撮ったの。花を持ってるのと新聞を披いてるのと二様あるのだが、けれど新聞をみてゐる方が好いわ。あなた要るなら私の名をいって取っておいでなさいね。〟瞬間に魔はとりついて良心を触せんとするのだ。美しき誘惑の魔よ。おもはず彼の小胸を小突いた。〝まあ酷い！　そんなことせんでもいゝワ〟と巫山戯た口吻だ。〝いま、うちの人を迎にゆくんだから、別れて頂戴!!　さようなら〟自分は何んにも言はず目を瞑って走った。胸の動悸を抑へて空の月をみたとき、二三の腹案は油然として湧いた。そのまゝかへって床の中で……。

（27～29日　記載なし）

30日

頃者、出郷（注）準備の外、支障続起し多忙を極めるため、ついつい等閑になる。それが積ると記憶力の欠乏した自分には全然事項が忘却されて了ふ、と言ふ如な仕末故煩褥を除いて成可重要なる事項ある日、感激せる日のみを記すことにした。しかし為すこともなく筆さみしい日には記すこと勿論である。

今日安江を訪れた。夕方、野村と中宮の登第した祝杯をあげるため二三の人が来るからつき合へと言ふので暮れるまで待た。来た者は主客五人、二百匁の牛肉と一升の酒は十二時頃まで吾等の驢を繋いだ。酔を吹かれるため表へでると、黝ずんだ夢香山の上にかゝった月は克己の水彩画そのまゝだ。かぞふれば陰暦二月十五夜は今宵にあたるのだ。その光のいかに清澄なることよ。風は襟を吹けど涼は酒によって身心に適す。何者かあると睇視すれば、笆のうちの木犀の影だ。こん夜は狭いこゝの営業所で泊った。

土曜日、朝報(注)の短歌が一首当選した。晶子さんのすきな口調も漸く会得がしてきた哩。

〝珠となる貝も土黒《にぐろ》のつぶ石も

　　ひとしく濡れて春の雨ふる〟

(注) 出郷準備は、近日中に上京（上阪）の予定を推測させる。朝報は「萬朝報」。

31日

四時ころから眼が醒めて、ガヤガヤ言ひながら七時すぎに床をしまった。野村子が教会へ行くとてゆふべ共に泊った中宮を誘いにきたのでいっしょにかへった。飯を喰ってすぐ犀星子を訪問すべく出掛けた。日曜日だから朝の内から人出だ。犀星子と大に気焔の吐きっこをやった。正午まで饒舌ってゐると、チャーチがへりの薔薇と野村とがきた。

帰途石浦町で苅萱子に会った。午后教会で講演会をやるから来いと、このあいだからやたらに勧めてゐるのだが御免蒙った。翅紅とふたりで歩きまわり、また安江の宅へ落着いた。集るもの例に依って例の如しで、囂しいこと夥しい。雨がふりでた。

（4月）

1日

世はいよいよ春陽の艶色を誇らんとするころとなった。惜しやこの日は日ねもす雨で、なすこともなく暮らした。桃は咲きそめた。濃艶の趣は夕暮などにふさふなれ。花は頓て咲くべく雛祭るは早や指ふたつ折るあさってとはなった。汐干狩もよし、釣綱にもよく、旅行には好適、ボートレースなども行はれるだらう。

松魚、桜鯛は鮮に笊に跳れば、蕨、筍、胡瓜、莢豌豆など淡味もよく、農家は種を播始めて、蠶は掃立にて忙しく、青い麦畠には鶉がこそこそと飛ぶべし。野末の霞のうちには雉子の声もすることだらう。野はわれらの復活するところだ、ねがわくば歌はむかな。いつしかひたひた雲が降りだした。夕方歔む。書を読むだ。枕に顱顬を押へらるゝ苦しさに眼が醒めると、その刹那にふと〝己が家〟てふなつかしい感が浮んだ。文にしたら孤雁氏のそれににるだらう。

3日

けふは神武天皇祭で、雛の節句である。雨は全たく霽って城頭からしまきくる風は四街の砂を捲いて、ドッと。それが光る。けれどそのひまは融なもので、春の光はおっとりと背から焼けこむ如で、気早の連中は早や羽織を脱いだり、袷に換えたりする。

女の子を持った家では雛を飾って、家内親戚友朋なんど、つどひ、一壺の白酒と蜆の汁とに陶然として、ちいさき鼾たてつゝ今日の女王は祖母や父母に手足をかして夢にいれば、金屏の桃花の影の揺らいで燭が消えんとするに、また髯ある人がごろり肘枕の微吟に夜を更かすのであらう。じぶんの家では姉が居れど、いまではそんなことをする年齢でもなし。さればといって飾らざれば小さい雛の手筐の底に泣くだらうと思はれて、二ッ三ッしかないのをだした。女のこどもが四五人きて、てんでに雛の自慢をして喧しいので、ならべをいて顔を写すといふと、ワッと喚いて外へ去った。尾山神社や公園を散歩したが、相変らず人出だ。桜も追付け咲くであらふ。広坂通よりするスロープの片側のものはすでに梢が赤くなってゐる。

6日

夢をみたでもなく、物音にさまされたでもなく、脱けてゐた魂が静に骸にかへったかのごとく、ひとりでに醒めた。さらさらさらと篩を揉む如な音がする。曇った朝で、いま城頭から劇げしく吹いてきた風の余波が棕櫚の葉を絢っていったのだ。起き哉うともせず、首だけを夜具からだして、みるともなく花瓶の椿をみてゐる、と、ご、ご、ごーと、海嘯などの寄せたるにあらずやと想れる、凄き音をさして一しきりの風がいずこともなく渡ってゆく。柿の枝であらふ、パッパッと塀へ打突かるがきこゆる。また一種の豪壮なる感を惹くのだ。漱石は豪壮の気をあらはして曰く、荒瀑や満山の若葉みな震ふ、と自分はいまの感をどういへばいゝか惑ふた。また、ご、ご、ごッーとやってくる。尻がさらさらと棕櫚を渡る、これがまた、反対の落着かぬ、一の強のまへに十の弱が集まって罵りさわぐ如な、つまりじぶんの聴神経の衡器にかけてみると、その音が恁ふした勝手な想像を起させる。

ひるすぎから稍々しづかになった。紅葉全集第六巻〝金色夜叉〟を繙き、熱海海岸の場、〝来年の今月今夜になったならば、僕の涙で必ず月は曇らしてみせるから、月が…月が…月が……〟まで読むだ。何ら傷魂の文ぞ。

7日

日曜日だから犀星子を訪問す。机上、高橋五郎の宇宙観あり。彼先づ徐ろに頤を抓ねって曰く〝宇宙とは無辺無際の空間に存在する総ての物象を総括せる名称なり〟と醇々娓々説きいだす所は犀星哲学、犀星宇宙観。吾遂に辟易す。

散歩しやうと郊外に出た。菜の花の中を縫うて魔津の宮の附近へでたが風の寒いのに驚いて河縁へでた。途次明印社を訪ふて帰った。午飯二時。母は今朝、姉が病気を看護すべく河北郡へ行ったのだ。
久々で俳句を試みた。礼記を読みながらだ。

鶉　籠

郎を送る渡頭風寒し雁帰る
行く春や鷹鳩と化せし悔あらん
大廟に青旂翻たり桃の花
玄鳥や妲妃の輿に糞もせよ
薄命の貴妃には馴れよ乙鳥
濬哲の君なり桃をまいらせむ
雷や羽蟻の軍は崩れたり

金色夜叉を読むだ。故山人の俤がまざまざ文中に現はれてる如な心地がする。

8日
母あらず。姉は松任近在の某寺の灌仏会に詣でる。家には中風で半身の利かぬ老婆がゐるのだ。彼や齢古稀に余れり。今や無縁の吾が家に病む。血縁の者あって看護るなく、纔に一片の同情を周囲に得て薬餌に窮せざるを得。哀れなる衰残の嫗よ、彼は口に仏の名を唱へんとして克はざるにあらずや。死は凡ての最終なり。何人か忻然是をむかふるものぞ。然もすでに陰き影は逼れり。見よ、その眸の鈍くうるめることよ。いかにその頬肉の削けたることよ。前半生の栄華、今夢むるによしなく、汝は合掌するあたはず、念仏するあたはず、寂びしくあわれなる終焉の床より直に焔々たる業火の内に陥くべきや。嗟乎、哀れむべき衰残の媼よ、吾汝を歌はんとして筆鈍ぶり口吶して克はず。希はくば神に祈らむ哉。

朱盆の如な暉は漸く沈んで、雲は華やかな桃色に染められた。煙筒の煙は黒くさかんに颺って美しい色を乱さふとして、調和を狂はせる。と春の晩霞を潜って美しいふたりが袷涼しげに寄り添ふてゆく。彼の人と妹だ。昏れゆく空の星をながめて尾崎の門扉に倚ったが、さすがに見送る勇気はない。

〝野に雉子鳴かば草の間の鶉の巣はも現はれむ、おなじ若さをひとりのみ、春を心は破れたり〟口を衝いていづる句だが、いまはた何を悲しんで作らんや。

10日

ひねもすの雨に倦み夕方ぶらりと銭湯に出掛けた。刺網鰯きたる。従姉死す。政が跣足で四里余の道を報じてきた。たった今来いと言ふ。この雨にゆけるものかと明日まで延ばした。一番列車でゆく積で早く寐に就いた。

11日

一番に間に合はず二番に遅れ、十一時二十分の富山行に乗って津幡で下りた。細いと思ってた雨が村ざかひなどに出ると風に煽られて横ざまに来る。傘もさせない位だ。狭隘な家に集まった村の女房ども念仏を唱ふかとみるとすぐ笑ふ。がやがやいってイカないこと夥しい。白布を掩へる棺の中に現し世の夢とこ冷えし女よ、半身不随の慈母は汝を勦るを知れども病めり。叔母が看護、里人が悃情、汝はしも終焉の床に憾を抱かざりしや。宿痾半生を毒して、未だ老いざるに斃れたる哀れなる孀婦の運命、香烟一縷、細く枕辺に迷ふて外は卯月の雨くだちつ。母死せる夕より覓めず泣かざる雉子を怜しと人泣く。

夕となって雨歇む。僧侶三人来り経を読む。野に送らむとして僧の法名を置かずして去りたる滑稽あり。遂に骸も亡せぬ。荼毘の煙迷ふて縹渺たり、空しく霊魂のゆくえをおもえバ、玉椿の雫墜つ背戸の隣、天童の美偈を誦するに似たり。

12日

しづかなる雲をみながら背戸へでた。二尺ほどの水を跨いで菖蒲の芽生したきわに立った。麦の緑と菜の花の黄が曠濶な田続きを点綴してるのに視線を追ふと一葦をへだてて河北潟はさかんに水蒸気を颺げてゐる。靄いだ松山の上に霞がへの字なりに眉を作ってゐる。その松山を越えて日本海の潮の遠鳴は轟々と鉄車の駛る如にひゞく。朝の空気がしづかなだけになほさら近くひゞくのである。右手の雁金の雑林の内から牛の吠えるのがきこゆるので、何か作れんだらうかと考へてゐるうちに眉作ってゐた霞は薄くなってやがてきえた。と田圃の真中を貫いた小丘い鉄路の上にパッと日がさした。とみると薄れて、めての菜の花の上に腰から上を現して種子を播いてる人の頬被りも鮮かに照る。それが忽ち薄れる面した緑麦の上へパッとさす。まるでサアチライトの如で端倪すべからざるものだ。ふと後ろをみると轟然たる榛の喬木の蔭に旭がケロリとしてゐる。雲が遠慮なくその面を通ってゐる。

辺の松山につゞいた砂山の頂は赤い線を画してきた。前の打返した田には藍色の空がとびゝゝに映ってゐる。鶏鳴と雀声とそして海鳴が絶えずとも鄙の朝は静寂の気がどこかに潜んでゐる。人あり、土間より泣いて駆け込む。生前殊に交はる事深かりし女なり。茶毘場に骨を拾ふた。僧来りて経読む。

電報だの手紙だのと来る度に煩はされるに閉口した。とめるのも聴かず午后には帰るときめ、庭へでゝみた。鶏もおらず、鴨もあらず、主なき庭のいかに淋しきことよ。

落羽集

蛞蝓の恋を憎むや桃の花

桃が散る古池の蛙愛すべし

養鶏をやめたる庭や竹の秋
卯月十日竹のごとくに君死にぬ
白骨を卯月の雨や玉とせよ

二時二十分、人に送られて帰る。菜の花黄なり。

14日

一夜、駘蕩の春風、七香をのせて下界におとづれてより、花は樹に開いて鳥は花に歌ふ。兼六園にゆくも佳し、尾山神社も佳。たゞ見よ、紅靄崖を擁して縹渺、水あるところ彩霞波を掩ふ。人に酒あって男酔ひ、犬馬狂ふて風光る。あゝ春は行楽の時なる哉。

本日、蛤坂の月見亭で自分(注)の送別を兼ね、二葉会の例会が催されると苅萱子がわざゝゝ知らせて呉れたから午后直ぐ出かけた。集る者漸く六名、三時に開会した。兼題の撰が了ると席上吟の題がでる。曰く〝春の雨、春の月〟美しいもの揃ひだ。それも了ると犀星子の発起で俳句を吐くことになり〝田螺、李花、長閑〟などの題がでた。国治子と天波子とは初めてだからと頻りにこぼしてゐる。やがて二句吐の撰を済して后、今日の紀念に寄書きをして贈られた。何よりの紀念品と感謝した。これで今日の会を閉会。それから犀星子の寄贈品〝稲の美〟の口を抜いて互いに健康を祝した。

散会后、一同でチエーキを握って県会議事堂の基督青年会が催せる万国学生基督教青年大会の伝道隊の講演会に出席した。ウエルテルン男爵、サヾランド博士は平岩博士の通訳で流暢なる英語演説をせられた。閉会十時。

当日の秀逸を記せば、

春の夜の小石の上を合誦の低音に似て水は流れぬ　尾山筎萱

春の月京へと辿る道化師の白馬の妻にうすう照らしぬ　村山国治

春の日はほの紫の花もてる草間の水に影きらゝぐよ　田辺幸次

をさなき日若草の野の月めでゝ君とありにし古里の家　室生犀星

面映ゆし君にまみゆる一瞬は濃紅の花に日の照る思ひ　大地天波

春の日は金箔うつす若人に玻璃窓越しに麗かに照る

雨多き国に候へふるさとは葉桜ぞよし女美し
橡木原ぬれたるま、のしののめは古き世ににて鳴く杜宇、

表　棹影

鷹鳩と化して田螺の罵声かな
田螺鳴くや馬背の旅情そゞろ也
杏さく英語学舎の木札かな
野の遺賢畑打ち居るやのどかなる
長閑さの山かぞふ赤城平かな

自分の俳句といへば這麼なものだ。前後の不揃などに泥せず、すぐ奇をもとめたくなる。これが自分の特長とでも言はふなら、成功せぬ所以もこれだらう。

（注）自身の送別を兼ねての二葉会例会。しかし、棹影の出郷は実現したか不明。

＊表棹影日記原文と『表棹影作品集』（笠森勇編）を基本に。

表棹影年譜

明治24（1891）年　1月　26日（明治23・4説あり）金沢市西町4番丁7番地に表清作の長男として生まれる。本名作太郎。母やよ、姉きく、のちに弟友吉。

明治29（1896）年　4月　尋常科西町小学校に入学（明治33年「小学校令」の改定まで、一部3年制が認められていた）。

明治32（1899）年　3月　同校（3年制）卒業。

明治33（1900）年　10月　26日父清作死去（享年48）。作太郎10歳、きく15歳、友吉6歳は荒川家へ養子縁組。母は他家手伝い、姉は髪結いの師匠に弟子入り。作太郎は市内高岡町の明治印刷に就職。

明治39（1906）年　1月　文藝倶楽部1月号に詩「猿曳」、中学生7月号に「夕の記」掲載される。以降、ハガキ文学、政教新聞（後に北陸新聞）北國新聞に短歌、詩俳句発表。

6月　醫峰（2号）に短歌を寄稿。編集の犀星に注目される。

11月　尾山篤二郎（荊萱）らの二葉会に参加。12月犀星も参加。

明治40（1907）年　1月　小説「嫂様」が北國新聞の懸賞短編小説の佳作入選。下旬に引いた風邪治らず、頭痛、悪寒、胸の痛み続く。

2月　24日「咳をして痰を吐くとまた血が交る」（棹影日記）

3月　増給率の不平等を上司に訴えるが容れられず退社を決意。「苦闘七歳、得たるは何ものぞ」（日記）
4月　第5回二葉会。棹影の送別会を兼ねる。この頃出郷か？　体調整わず、日を経ずして帰郷か。
7月　篤二郎、犀星、十河桂舟、田辺孝次らと北辰詩社結成。

明治41（1908）年
3月　この頃から聴覚の異常を覚える。
5月　小説「作男の政」が『文庫』5月号に入選掲載される。
8月　詩「苦き笑」（「聾せる耳を傾ぐれど、無心に低き」女の声…）『文庫』に掲載。
9月　小説「酸涙」が『文庫』に掲載される。
10月　病床につく。『響』第1号に小説「錆」掲載。
12月　『響』第2号に小説「酔生」掲載。

明治42（1909）年
1月　犀星、金沢地方裁判所金石出張所へ転任。
4月　28日、棹影死去。享年18歳。

初出一覧

数奇な出生と生い立ちをバネに
（『論集・室生犀星の世界（上）』二〇〇〇・九、室生犀星学会編、龍書房）

「幼年時代」―母性への模索
（『室生犀星研究・第5輯』一九八八・七、室生犀星学会編、龍書房）

「性《せい》に眼覚《めざ》める頃《ころ》」―思春期とのわかれ
（『室生犀星研究・第21輯』二〇〇〇・九、室生犀星学会編、龍書房）

「一冊のバイブル」―青春の回顧〈苦しみあがきし日の償ひに〉
（『室生犀星研究・第38輯』二〇一五・一一、室生犀星学会編、龍書房）

「冬」―差別される者への視線
（『室生犀星研究・第27輯』二〇〇四・五、室生犀星学会編、龍書房）

「浅尾」―底辺の人々に注がれた犀星の目
（『室生犀星研究・第32輯』二〇〇九・一一、室生犀星学会編、龍書房）

「遠《とほ》つ江《あふみ》」―能「熊野《ゆや》」に託して描いた生母の心の内
（『室生犀星研究・第22輯』二〇〇一・五、室生犀星学会編、龍書房）

「ふるさとは遠きにありて」―日本人の心に響く永遠のフレーズ
（『話題源　詩・短歌・俳句―文学作品の舞台裏』１９９１・5、東京法令出版）

「蝉」―犀星若き日の自己投影
（『室生犀星研究・第15輯』一九九七・六、室生犀星学会編、龍書房）

室生犀星と「女ひと」
（『室生犀星生誕百年記念特別展図録』一九八九・七、石川近代文学館）

室生犀星と中野重治 ―犀星を「文学上および人生観上の教師」と仰いだ重治
（『室生犀星研究・第8輯』一九九二・五、室生犀星学会編、龍書房）

室生犀星と島田清次郎 ―小学生時代の明暗
（『室生犀星研究・第22輯』二〇〇一・五、室生犀星学会編、龍書房）

犀星作詞校歌の思い出
（『犀星の会　会報・第16号』一九九二・七・二五、室生犀星の会編）

満たされぬ思いのなかの純朴さ ―なつかしい犀星詩の想い出
（『魚眠洞通信・第3号』二〇一四・三・二六、室生犀星記念館）

金沢・犀川べりの「犀星」散歩道
（『室生犀星研究・第6輯』一九八九・一二、室生犀星学会編、龍書房）

表棹影 ―十代で燃え尽きた天才詩人・検証二題
（『室生犀星研究・第21輯』二〇〇〇・九、室生犀星学会編、龍書房）

浮かび上がる人間表棹影
（『室生犀星研究・第21輯』二〇〇〇・九、室生犀星学会編、龍書房）

あとがき

「室生犀星を読まなくっちゃ。」

昭和五十年代の初め頃、読書仲間と地元石川近代文学館の文学講座やゆかりの地散歩などに参加して、暮らしの中のささやかな楽しみとしていた私に、こう呼び掛けてくださったのは、文学館の鏡花研究会で知り合った若いメンバーの一人、東田康隆さんでした。犀星の名高い詩や小説のいくつかは知っていたものの、興味を覚え始めたばかりの私にはありがたいお誘いでした。

新潮社の『室生犀星全集』全十四巻が、昭和五十一年九月にセット版の形で売り出された時期と重なるように、東田さんを中心に笠森勇、塚野俊雄、忠田敏男の皆さんも加わって、犀星を読む小さな会がスタートしたのでした。私の貧弱な本棚に真新しい『室生犀星全集』が並び、かつて犀星が育った千日町で一時期を過ごした私には、親身と言っては僭越ですが、何か幼馴染の友に再会したような心の弾みがありました。

昭和二十年代前半の、まだ終戦時の混乱と不安が幼い私たちの上にも暗く影落としていた時代。戦争のため母子家庭になった子や、実父母を知らない遊郭の子らもいて、互いの事情を子供なりにのみこんで乏しいおやつを分け合い、外が暗くなるまでかくれんぼや鬼ごっこをして遊んだ日々。犀川の河原や雨宝院の縁の下、徳龍寺の境内など、かの犀星幼年時代と同じ空間を遊び場所としていた昔が懐かしくよみがえってくるようでした。

やがて昭和五十九（一九八四）年「室生犀星学会」設立と並行するように、読書会は船登芳雄・笠森勇両先生によって再編成され、現在はさらに室生犀星研究会（室生犀星記念館主催）へと引き継がれているのは喜ばしいかぎりです。

幼少期の厳しい環境をバネに、ひたすら自己を鍛えた室生犀星と、一方、早くに父をなくし、文選工として働きながら犀星と競い合った夭折の詩人表棹影。二人の青春の軌跡と健気な姿に心引かれ、このたびつたない雑文をまとめ、ささやかな節目とさせていただきました。

皆さまのご叱正、ご批評をいただければ身に余る幸せでございます。

表棹影日記の掲載を快くご了承くださった野村未来子様（荒川宏氏ご長女）。表紙絵に、前著（『泉鏡花逝きし人の面影に』）の浅野川に続き、犀川畔を情緒豊かに描いてくださった松田寛様。的確なご教示をいただいた編集担当の能登印刷出版部・奥平三之様ほか、お力添えいただいた方々に厚くお礼申し上げます。

二〇一六年六月　　小林弘子

小林弘子

1941年、石川県金沢市生まれ。奈良大学文学部卒業。
著書『加賀宝生　花の舞』
　　『加賀藩医・江間三吉（萬里）幕末から明治へ』
　　『吉田長淑・わが国初の洋方内科医』
　　『泉鏡花　逝きし人の面影に』
　　　　　　　　（第42回　泉鏡花記念金沢市民学賞）
編著『風姿却来・佐野正治先生の想い出』
室生犀星学会会員・日本ペンクラブ会員
「群系」同人
　　　　　　　現住所　〒921−8036　金沢市弥生２−13−11

松田　寛（表紙絵）

1953年、石川県金沢市生まれ。金沢大学理学部卒業。
2008年より弥生水彩画サークルで越野外至雄氏に師事。
2013年、初の個展。以後毎年開催。
　　　　　　　現住所　〒921−8041　金沢市泉１−３−30

室生犀星と表　棹影

青春の軌跡

2016年8月1日　第1刷発行

著　者　小林弘子
発行者　能登隆市
発行所　能登印刷出版部
〒920・0855
金沢市武蔵町7・10
TEL 076・222・4595
制　作　能登印刷出版部
デザイン　西田デザイン事務所
印　刷　能登印刷株式会社

ISBN978-4-89010-698-1